中公文庫

アルファルファ作戦

筒井康隆

中央公論新社

目次

アルファルファ作戦

アルファルファ作戦

世の中にはいろんな特技を持った人間がいるが、ヘンリー・ブラウン爺のような特技を持った者もちょっと少ないだろう。この爺さんは、卵の殻をこまかく砕いて食い、尻から卵を産むという芸を持っている。もっともその卵を割ったところで、中には大便がぎっしりつまっているだけなのだが。

ある晩おれがそのヘンリー・ブラウン爺さんといっしょに養老院の屋上で無駄話をしている時、西の空に炎と火の粉の立ちのぼるのが見えた。

「あれが火事だということは、火を見るよりもあきらかじゃ」と、ヘンリー・ブラウン爺さんがいった。

「あたり前だ。あれは火です」

おれはあわててTV室へ行き、西側の町のあちこちに設置してあるテレビカメラから常時送ってきている映像のスイッチを、順に入れて眺めた。

音楽堂、商工会議所、西中央公会堂、熱帯植物園などの建物が、その滑らかな美しい皮膚を焦がし、華やかな装身具を剝落させ、はげしい炎の底で身もだえていた。

「あの音楽堂は、この市で最も古い建物じゃ」ついてきたヘンリー・ブラウンが、おれのうしろからスクリーンを覗きこみ、怒りに身をふるわせていった。「何者があのようなことを」

おれは聞き咎めて、ヘンリー・ブラウンをふり返った。「自然発火じゃないというのですか」

「この町には自動消火設備が整っとる」と、彼はいった。「自然に出た火があんなに大きくなるということは考えられんわい」

「消火班を出さなきゃならない」と、おれはいった。「全員に集合してもらいましょう」

おれたちはすぐ、十三階の放送室へ行った。ここからは養老院の全個室に向けてテレビ放送ができるようになっている。スタジオでは『御存知ロメオとジュリエット・バルコニーの場』が演じられていた。ロメオを演じているのはもとテレビ・タレントで今年二百八十九歳の花村ススム爺さん、ジュリエットに扮しているのはもと歌手で、当年とって三百九十一歳のリンダ香川婆さんである。

ひろみだとかリンダだとか、あるいはじゅんとかユカリだとか、サオリとかカオリとか、三百年くらい前までは子供にやたらスマートな名前をつけたものだが、彼らが老人になった時にそれらの名前がいかに不似合いなものになるかということを、彼らの親は考えなかったのだろうか。おれにはどうも、そうとしか思えない。

「ロメオ！」

若造りのリンダ香川が立っているバルコニーに、やはり濃いメークアップで青年にふんした花村ススムが、ツタを足がかりにしてよじ登ろうとし、義足の蝶番をはずしてフロアーへ転落した。

「ロメオ！」

副調整室にいる、もとディレクターの如虫潰爺《ルーチヨンキ》さんが、あわててカメラのスイッチを切り替えた。

「大道具が悪いのじゃ。ツタに足がからまった」放送中であるにもかかわらず、花村ススムはフロアーへ大の字にひっくり返ったまま、手足をばたばたさせてわめき始めた。

「ロメオ！」

「わしの仕事にケチをつけるのか」美術係のサブ木村爺さんが、セットの裏から怒ってとび出してきた。

「そこまで」おれはスタジオの中央に進み出て、カメラに向かった。「臨時ニュースですので、ドラマを中断します」

「あらあ、二週間もかかって稽古したんですのよ」リンダ香川がバルコニーの上から、恨めしそうにいった。

「西九番街に火事が起こっています」と、おれはカメラに向かっていった。「自動消火でも駄目なようですから、対策を考えなければなりません。皆さん至急三階のホールに集まってください」

「なぜ自動消火装置が働かなかったのじゃ」

「放火にちがいありませんわ。誰のやったことでしょう。誰もいないはずなのに」

ホールに集まった老人たちが、口ぐちに質問してきた。

「お静まりください」と、おれは壇上に立っていった。「どちらにしろ、延焼を防ぐため消防隊を出さなければなりません」

「その指揮はわしがとる」すでにめ組の火消し装束で身をかためた八十五代目の菊五郎爺さんが立ちあがった。

「お祭りではありませんぞ」もと消防夫のアーサー・コンプトン爺さんがいった。「防火当番はちゃんと決っとる。指揮はわたしがとります」

おれは指揮を彼にまかせることにした。老人たちはみな権威主義的になっているから、若いおれなどよりは本職のアーサー・コンプトンのいうことをよく聞くにちがいない。アーサーは張りきっていた。彼は仕事以外に趣味がなく、養老院では今まで身をもてましていて、何の遊びもやらず、ただ懐古談グループに加わっているだけだったのだ。

「当番の人は作業服を着てください。ミルトン、君は消防車を出してくれ。マージョリイ、如雨露《じょうろ》なんか持ってきてどうするつもりじゃ。花に水をやるんじゃないですぞ。さあ早く乗ってくれ。みんな乗ったかね。ミルトン、出発じゃ」

十人あまりの老人とおれを乗せ、黒人でもとタクシー運転手のミルトン爺さんによって三百五十年ぶりにガレージからひっぱり出されてきたクラシックな消防車は、どかんどかんとのべつまくなしにバック・ファイアの音を立てながら、夜の舗装道路をがたがたと走り出した。両側は数十階もあるオフィス・ビルとマンションだ。

「そんなに鐘やサイレンを鳴らしたって、この町にはわれわれ以外誰もいないんですよ」と、おれはアーサーにいった。

「景気づけじゃ。この音を聞かんことには身がひきしまらんのじゃ」と、彼はいった。

「どっちの道を行くかね」運転席のミルトン爺さんが、震動のたびに義歯《いれば》を出したり入れたりしながら叫んだ。

「山手通りへ出よう。北には放水路があるから、あそこはほっといてもいい」と、アーサーが答えた。

「ちょっと車を停めてくださらんか」と、ヘンリー・ブラウンがいった。「鬘《かつら》とばした」

「いかんいかん」アーサーはわめいた。「鬘などより火事が大事じゃ。ミルトン、停めてはならんぞ」

「クルマ、トメナサイ」如虫潰《ルーチヨンキ》がいった。「ショウペンカ、テタイ。トシトルト、ショウペンカ、チカイ」

「いちど車を停めたらどうです」おれはアーサーにそういった。おれのからだでさえ、ばらばらになりそうだった。

「いかん」アーサーはかぶりを振った。「小便なら車の上からやれ」

消防車はやっと現場に到着した。

火は西八番街にまで拡がりはじめていた。炎を背景にした黒いシルエットのビルのすべての窓から、鮮紅色の細い舌がへらへらと躍り出ていた。

「停めなさい。そこに消火栓がある」アーサーが叫んだ。

ミルトンはあわててブレーキを踏んだが、旧式のタイヤはエア・カー用の滑らかな道路でスリップし、さらに二十メートルほど走ってから消火栓に衝突した。老人たちがばらばらと車からころげ落ちた。

「痛い。いたい。義手がひん曲った」

「義眼《いれめ》がない。どこかへ飛んだ」

「大変じゃ。尻が割れた」

路上へひっくり返ったままわめき続ける老人たちに、アーサーが怒鳴りつけた。「そんなことでどうするのじゃ。火はそこまできておる。立て皆の衆。立ちあがれ。立ってホースを持て。わしたちはこの町を、この星を護らなきゃならんのですぞ。若い奴らはみんな、この地球を捨てて行きおった。地球を護るのはわしらじゃ。わしらだけなんじゃぞ。立ちなされお立ちなされ」

老人たちは急にしゃんとして立ちあがり、消火作業にとりかかった。

おれはホースの先端を持ち、渦まく炎めがけて走った。おれは養老院の責任者なのだから、消火作業をすべて老人たちにまかせておくわけにはいかない。ひとりでも死者が出るとおれの給料が減る。

おれのうしろにはヘンリー・ブラウンが続いた。

「ホースの先を、わしに持たせてくれ」彼はあえぎながらそういった。「燃えとるのは西八番街ホテルじゃ。あそこにはおれの大切な思い出がある。どうしてもわしが消さにゃならん。あそこのロビーで、おれははじめてメアリー・ルウに会った」彼の頬の涙に、炎が赤く映えていた。

「ぼくがやります」と、おれは叫んだ。

おれとヘンリー・ブラウンの頭上に、火の粉がふりそそいだ。

「いや。わしがやる。やらせてくれ」彼はおれの手からホースの口金をひったくった。

その途端、勢いよく水がとび出し、ホースが断末魔にもだえるアナコンダの如く大きく身をくねらせた。ヘンリー・ブラウンはホースといっしょに空中にとびあがり、車道へ身体を叩きつけた。ホースの先端を下に向けたものだから、水の噴出する反動で彼はまた宙にとびあがり、ふたたび落下して地面と激突した。

「いわんこっちゃない」びしょ濡れになった彼から、おれはホースをもぎ取った。「年寄りのひや水です」

その時、急に火勢が強まった。強い風が出てきたのである。炎がおれたちの上に襲いかかってきて、おれの前髪をちりちりと焼いた。ヘンリー・ブラウンは鬘のなくなったむき出しの地頭を火にひと舐めされ、ぎゃっと叫んで逃げ出した。

「しまった。近寄り過ぎた」おれもあわてて後退した。

のんびり逃げていたのでは、たちまち火に追いつかれてしまうから、おれは全速力で駈けた。残念ながら途中でホースも投げ出した。それほど火の勢いは強かったのだ。

ヘンリー・ブラウンと並んで逃げながら、おれはいった。「おかしいな。気象台から人工頭脳が連絡してきた予報では、今日は風が吹かないということだったが」

「不思議じゃ」と、ヘンリー・ブラウンもいった。「たとえ放火にしろ、異常乾燥注意報も強風注意報も出ていないのに、こんな大火事になるとは」

耳の奥がこそばゆくなるような、かすかな音が次第に高くなってきた。最初は虫の羽音のように思ったが、やがて、こんな大きな羽音を立てる虫などいないはずだと思い直した。

「あの音は何じゃ」消防車のところまで逃げ戻ると、老人たちが集まって顫えながら、星のない漆黒の夜空に立ちのぼる炎と白い煙をなすすべもなく眺め、耳をすませていた。

「飛行機じゃろうか」

金属的な音がひときわ高くなったかと思うと、風速四十メートルはあろうと思える風が起こり、あっというまに消防車はひっくり返った。おれも老人たちも、傍らのビルの庇下に吹き寄せられてしまった。

「見ろ。あ、あ、あれを見ろ」ミルトンが恐怖に声をうわずらせ、空を指した。

編隊を組んだ数匹の巨大な昆虫が今しも白煙の中へ去って行こうとしていた。黄色と黒のだんだら縞の胴体をし、尻から斜め下方に槍のような産卵管をぶら下げた膜翅類の昆虫だ。

「ハチじゃ。あれはあきらかにハチじゃ」と、ヘンリー・ブラウンが叫んだ。

もしあれが本当にハチなら、おれはハチという昆虫を見るのは初めてだった。しかし三百年前に刊行された生物図鑑で読んだ限りでは、地球にはあんな大きなハチなどいないはずだった。

「羽のさしわたしが五メートル以上もあるようなハチがいるものか」と、アーサー・コンプトンもいった。

「ではゴジラ的のハチじゃ」ミルトンはそういい直した。

ふたたびハチゴジラの編隊があらわれて、こちらへやってきた。巨大な半透明の羽の顫えで、また風が起こった。

「逃げろ」と、おれは叫んだ。「このビルへ逃げこんで、裏口から出てください。さあ、早く逃げてください」

おれは老人たちをビルの中に避難させてから、念のために用意してきたブラスターを腰から抜いて夜空を振り返り、ハチに向かって身構えた。編隊の中央にいた先頭のハチが、すでにおれから百メートルほどのところまで迫っていた。おれはふたたび風のためにビルの壁面にしたたか背骨を叩きつけられたが、それと同時にブラスターの引金を強くひいた。射撃はあまり得意ではないのだが、こんなでかい的《まと》が眼と鼻の先にあったら、どんなに下手糞だって命中する。真紅の熱線は確実に先頭のハチの眉間《みけん》を射抜いた。

「びい」

ハチはひときわ大きく羽を顫わせると、地ひびき立てて地上に墜落し、仰向けになったまま手足をひくひくと痙攣させた。その時おれは、どうやらそれまでハチの背中に乗っていたらしい黒い影が、ごろごろと舗道をころがるのをちらと見た。

だが、それ以上そこにいることはできなかった。残りのハチが急降下してきたのである。おれはあわてふためいて窓から建物の中へ逃げこんだ。

何とかして養老院まで戻らなければならない。火はすでに隣りのビルにまで燃え移っている、もとは銀行だったらしいこの建物の中ももはや熱気に満ちている。無事に養老院まで戻れるだろうか——と、おれは思った。

「無事に戻れたのが不思議なくらいです」と、おれはホールに集まった老人たちにいった。

「他の人たちは、みんな戻りましたか」

「アーサー・コンプトンだけが行方不明じゃ」と、ヘンリー・ブラウンがいった。「わしらは裏通りを縫ってここへ戻ってくるまで、ずっとひとかたまりになっておった。アーサーだけが迷ったらしい」

「あの人きっと、自分ひとりで火を消しに引き返したんだわ。負けず嫌いなあの人のことですもの。きっとそうよ」アーサーと仲の良かったマージョリイ・イブニングスター婆さんが、長いスカートの裾で眼を拭いながらいった。「可哀そうに。あの人きっと焼け死んだんだわ」わあわあ泣き出した。それからあわてて胸についたダイヤルをまわした。動悸目盛りのダイヤルだ。

マージョリイの心臓はモーターを内蔵したプラスチック製の人工心臓だ。百五十年ほど前に心臓弁膜症になり、代用品ととり替えたのである。精密な動態力学的機能と構造を持つ点ではむしろ本物以上のものだが、なにぶん神経が通っていないので自律的調節ができない。つまり興奮すると自然に動悸が早くなるというあれだ。そこで彼女は、興奮しつつある時には必ず自分で動悸を早くするのである。

「あのハチの化けものが空を飛びまわっているから、捜索隊を出すこともできない」おれはうなだれてそういった。

「わしは心配してないよ」ミルトンがマージョリイの肩を抱き、慰めるようにそういった。「アーサー・コンプトンは筋金入りの男じゃ。そんなに簡単に死ぬような奴じゃあない」

「アーサーはともかく、火事の方はどうしたものじゃろうな」と、ヘンリー・ブラウンがいった。「ここまできたら大変じゃ」

「だいぶ下火になってきているようです」おれは窓から西の空を眺めていった。「あのままだと、もうすぐ消えるでしょう。しかしあのハチが、また風を起こして火を煽り立てるかもしれない」

「すると、火事を起こしてあんなに大きくしたのは、そのハチのしわざなのじゃな」サブ木村がゆっくりといった。

「それも、ただのハチではないぞ」ミルトンが眼を見ひらいて一同にいった。「ゴジラ的のハチじゃ」

「火事などより、そのハチがここへ攻めてきたらどうするのじゃ」花村ススムがそういって、不安そうに一同を見まわした。「いや。それどころかそのハチに、この町を占領されたらどうするのじゃ」

「おお。恐ろしや」リンダ香川がハンカチを握りしめ、天井を仰いで身をふるわせたが、その仕草はいつものようにオーバーには感じられなかった。

「そのハチを皆殺しにしろ」八十五代目菊五郎が立ちあがって叫び、片肌脱ぎになって倶《く》利伽楽《りから》紋紋《もんもん》をさらけ出した。

　彼自身は刺青が自慢らしいのだが、五十年前に皮膚病にかかった時、すでに刺青してある人工皮膚と貼り替えたのだということは皆が知ってしまっているから、誰も感心する者はいない。

「われわれ皆で戦う。ハチ悪い。われわれハチ殺す」モヒカン族最後の酋長直系の子孫というジャンピングベア爺さんが立ちあがり、頭に直接移植した鳥の羽を振り立てていった。

「あのハチを操縦している奴がいるのです」おれはそういって、ハチを撃ち落した時にちらと見た例の黒い影のことを話した。「暗いためによく見えなかったのですが、胴体がまん丸で小さく、手足のやたらに長い奴でした」

「ではそれは、クモではないか」

「クモとは思えませんでした。どちらかというとやはり人間に近い……」

「ではクモ人間じゃ」

「そんな生きものは地球にはいないはずじゃから、きっと異星人にちがいないぞ」

百人に近い老人たちが、いっせいに喋りはじめた。

「では、ハチよりも、そいつを殺さなくてはならんではないか」

「地球を乗っ取る気じゃ。必ずそうじゃ」

「這是很要緊的事、一天也放不下」

「戦わにゃならんぞ」

「しかし、武器などありゃせん」

武器らしいものといえば、おれのブラスターだけだ。老人たちが旧式の鉄砲を持っているかもしれないが、そんなもので戦えるわけがない。

おれは溜息をついた。たしかに老人たちのいう通り、あの手足の長い奴らはよその天体からの来訪者に違いない。しかしよりによって、何もこのおれが養老院の管理をやっている時期に襲ってこなくてもよいではないか。おれの任期はあと六ヵ月なのだ。ここで老人たちやおれが、あの異星人どもに皆殺しにされてしまったのでは、今までの二年六ヵ月のおれの苦労も水の泡である。

太陽系連邦の厚生省なんかに就職しなきゃよかった——おれはそう思った。養老院の管理をすると、本給の約二倍の手当てが貰える。しかし誰も厭がってやろうとしない。おれだってそうだった。老人にとり囲まれて三年間も独身生活をするなんて、考えただけでもぞっとした。ことにすべての人間が、史蹟名勝遺跡旧跡だらけで住む所のなくなった、カビ臭く狭苦しい地球を捨て、ひろびろとした新しい星へ移住してしまっているというのに、意地をはっていつまでも故郷の町にかじりついている老人なんてものは、老人の中でも最も厄介で、もっとも偏屈で、最も口やかましい連中なのである。籤引きで担当を命じられた時には、実際のところおれは辞職しようかと思ったくらいなのである。上役に説得されてやってきたが、まったく今までは苦労の連続だった。その苦労もあと六ヵ月で終ろうとしているというのに、そこへまたこんな新しい災厄が襲いかかってくるとは——おれは泣き出したかった。

土星にある連邦本部への連絡は、月に一回やってくる定期便以外にないから、応援を求めることもできないのである。郵政ビルにあった通信機は火事で燃えてしまったはずだし、通話できたとしても警備艇がやってくるのは二週間以上後になるだろう。

「奴らを撃退するいい方法はありませんか」おれは老人たちに知恵を求めた。「こういう経験は、ぼくにはないのです」ふだん若い者の悪口を言っているのだから、ここらでひとつ老人の偉さを示したらどうですという調子を匂わせ、おれはそういってやった。

まさか、われわれはボケてしまっていて駄目だともいえず、老人たちはいっせいに黙りこんでしまった。

「ひとつ、思いついたことがあるのじゃが」それまでむっつりと考えこんでいたファンファン爺さんが、のろのろとそういった。

「何ですか。どんなアイデアでも結構ですから、何でもいってください」とびつくようにそういってしまってから、おれはあわててつけ加えた。「ただし簡潔に」

老人のする話というものは、だいたいにおいて長い。だらだらと話をひきのばし、同じことを何度もくり返し、しかもまわりくどく、聞く者をいらいらさせる。ことにこのファンファン爺さんの話ときた日には特にひどい。聞かされる側に非人間的な寛容と忍耐の精神が必要だ。何でも喋ってくれといってしまってからそのことを思い出し、おれは心の中で舌打ちした。——しまった、喋らせるんじゃなかった。どうせ大したことは喋らないにきまっているんだから——。

だが、彼は喋りはじめた。「わしが生まれたのは、リールという町の五十キロほど西にあたる丘の麓の牧場じゃった」

さあたいへんだ。どうやら自分の生い立ちから喋る気でいるらしい。おれはうろたえた。

「あのハチがいつ攻めてくるかわかりません。時間はあまりないのですから、そのおつもりで」

「わかっとります。わかっとります」彼はゆっくりと三度うなずいた。それから、さらにのんびりした口調で喋り続けた。「その牧場は、今から考えてみると、どうやら地球で最後まで続いた牧場じゃったらしい。丘には四季いろんな花が咲き、実に美しかった。わしは子供のころ、よくその丘に登って遊んだものじゃったわい」彼は夢見るような眼つきになり、歯の残り少なくなった空洞のような口をなかば開き、視線を宙にさまよわせた。

「あら。その丘なら、わたしも知ってますわ、ファンファン」昔保育園の保母をしていたというミレーヌ婆さんが、三百四十歳とも思えない可愛い声で相槌をうった。彼女は喉頭癌を患った時に手術して人工声帯をつけたのだが、それは当時売り出されたばかりのビクター製コロラチュラ・ソプラノ声帯だったのである。「あの丘のあたりは子供のころ、わたしもよくお散歩にまいりました。丘の上にはきれいなお花がいっぱい咲いていました。わたしはいつもあのスミレさんや、タンポポさんとお話ししましたのよ」

彼女は指さきを一本頬に押しあてて小首をかしげ、骸骨みたいに周囲にアイシャドウをぬたくった眼をぎょろりと見ひらき、その眼球をさらにぐりぐりと不気味に回転させた。

そんな彼女の様子にうっとりとなっている爺さんも四、五人いた。

「わたしのお家はあの丘の、町に近い方の麓にありましたのよ。わたしのお家はパン屋さん」

「あなたはちょっと黙っててください」と、おれはミレーヌにいった。「ファンファン。結論を早くいってください」

「あの丘は理想的な放牧場じゃった」彼はまるで、おれをいやが上にもいらいらさせようとたくらんでいるかのように、さらにのろのろと喋った。「なぜならあの丘には、アルファルファが咲いておったからじゃ。アルファルファというのは二年生のマメ科の植物で、またの名をムラサキウマゴヤシという。葉は三つ葉でクローバに似ておる。茎の下の方は地べたを這っていて、上の方はまっすぐに立ちよる」

「それがどうしたというんですか」おれは地だんだを踏みたい気分だった。泣きそうになって、おれはいった。「話を端折《はしょ》ってください」

「春の終りになると花が咲くのじゃが、それは実に美しい。わしは子供のころ、よくその花の中で寝そべったりしたものじゃ。アルファルファのほかにも、いろんな花が咲いておった。いい匂いじゃった。わしはよくそこで昼寝をした。そのたびにすばらしい夢を見た」

「もうすぐハチが攻めてくるんです」おれはとうとう泣き出した。「夢のことなんかどうでもいい。早く話の結着をつけてください」

「さてそのアルファルファじゃが、おかしなことがあった。ほかの花にはミツバチがとんで行きおる。だがアルファルファの花にだけは、ミツバチは寄りつこうとはしよらんのじゃ。わしゃ子供心に不思議に思うて、それからしばらくの間、じっとアルファルファを観察した。その結果じゃ、わしにはやっと、ことの次第をおおよそ呑みこむことができたのじゃ」ここでファンファンは咽喉に痰をからませ、咽喉仏をながい間ごろごろいわせた末に、やっと飲みこんだ。「つまり、こうなのじゃ。アルファルファという花は、雌蕊《めしべ》に花粉をくっつけるための特別のカラクリを持っとる。どういう具合のカラクリかというと、雄蕊《おしべ》の先端の花粉をば雌蕊に向けてぷしゅっ！　と吹きかけるという風変りなカラクリなのじゃ。じゃによって、この花にしてみりゃ、花粉を媒介しようとしてやってくるミツバチなど、ただ、うるさいだけのものでな。またミツバチにしてもじゃ、せっかく花粉を媒介してやろうとして花にもぐりこんだところが、授粉機構――つまりそのカラクリの止め金をば、とっぱずすことになって、ぷしゅ！　と弾《はじ》きとばされてしまうんじゃあ、たまったもんじゃない。だいいち怪我でもした日にゃ馬鹿ばかしい。畜生とて女房子のある身じゃによって、しぜんミツバチらはこのアルファルファを敬遠する――というわけらしいのじゃ」

ファンファンは意味ありげにうなずき、ちょっと沈黙した。おれの質問を待っているような様子だったので、おれはあわてて質問した。

「面白いお話ですが、そのお話がこの場合、どのような役に立つのですか。そのアルファルファをたくさん育てて、あのハチを追っぱらえとおっしゃるんですか」

「ま、お待ちなされ」ファンファンは片手をあげた。「わしもあの巨大なハチを火事場で見たが、あのハチはミツバチではなかった。だからアルファルファで追っぱらうことは無理じゃろう」

おれはしびれをきらせて、とうとう絶叫に近い声を出した。「では、どうするというんですか」

「まあ、落ちつきなされ、お若いの」と、彼はいった。「喋り過ぎて咽喉がからからじゃ。

ミレーヌさんや。わたしの可愛子ちゃん。すまんが、水を一杯くんできてくださらんかの」

おれは頭をかかえこんだ。

ミレーヌが水をくんできて、ファンファンに飲ませた。

「いや。有難うありがとう。うまい水じゃ。甘露甘露。ところで、どこまで話をしたかな」

おれはぐったりして、答える気もしなかった。

「途中で話が途切れると、あとが続け難い。もういちど最初からやりましょうかな」

おれは失禁しそうになった。

ヘンリー・ブラウンがおれの横からいった。「あのハチはミツバチではない。じゃによってアルファルファでは追っぱらうことができんというところまでじゃよ、ファンファン」

「おお、そうじゃった。そうじゃった。あのハチはミツバチではなかった。わしの見たところではあのハチは……」

「ゴジラ的のハチじゃ」と、ミルトンが口をはさんだ。

「うん。あのゴジラ的のハチは、マルハナバチというハチじゃった。というより、マルハナバチというハチを何らかの手だてによって、あのように巨大なものにしたに違いないぞ」

「ほほう」ヘンリー・ブラウンは首をのばし、ファンファンにたずねた。「するとあんたは、あのハチはもともと地球のハチであって、宇宙からやってきたクモ人間が何らかの方法であのハチをば成長巨大化せしめ、それをばさらに自分たちの乗りものに使っておるというわけかの」

「そうじゃ。たとえばわしらが果物、野菜、穀物の類を過育ドームで巨大に成長させて食卓に供しとるのと同様、奴らも、地球のどこかで奇跡的に生存しておったあのマルハナバチをば見つけ出してきて、あれほどまでに育てたのじゃ。ひょっとすると地球にあるどこかの過育ドームを利用して育てたのかもしれんな。とにかくあれは、いかに巨大化してお ろうと、確実に地球産のマルハナバチじゃ。ところでそのマルハナバチじゃが」彼はひと息つき、また喋り出した。「話をもういちど牧場の方へ戻すが、その丘にはミツバチだけではなく、このマルハナバチもやってきおった。このマルハナバチという奴は、ミツバチほど頭が良くないのか、あるいはショックに強いのか、そこいらへんのところはわしゃハチでないので何ともよう言わんが、とにかくアルファルファの花に平気で近づいて行きおった。いくらぷしゅっ! とやられてひっくり返ろうが、はねとばされようが、手足を折ろうが羽を破ろうが、性懲りもなくまたもや花の中へもぐりこんで行きおるのじゃ。花へ入ろうと思うたが最後、いかなる困難にも屈せず、初一念を貫きおるのじゃ。いやもう、畜生ながらあっぱれなもの」彼は次第に張り扇調になってきた。「最近の若い奴らはこのハチを見習うたがええ。やろうと思うたことは何が何でもやりおるのじゃ。それが男の意気地じゃないか」彼は歌いはじめた。「どうせ誰かがやらねばならぬ」

他の老人たちも調子にのって歌い出した。

「誰もやらなきゃおれがやる」

おれは立ちあがっていった。「わかりました。そのハチが感心なハチで、若い奴らの見習うべきハチで、根性のあるハチだということは、よくわかりました。しかし今は、そのハチが攻めてくるかもしれないのです。若い奴らへの反感は、ここしばらく忘れてください」

老人たちは歌うのをやめた。

おれは続けて、早口で喋った。「では結局のところ、やっぱりこちらもアルファルファを過育ドームで成長巨大化し、そのマルハナバチの攻撃力をくじけばいいというわけですね。マルハナバチは馬鹿だから、アルファルファの花を見て喜んでやってくる。ぷしゅっ！　と花粉がとび出し、ハチに乗っているクモ人間はたちまち墜落——と、こういうわけですね。わかりました。よくわかりました。それほどうまくいくかどうかはわかりませんが、とにかく今は他に反撃の方法がないのですから、やってみる値打は充分にあります。アルファルファを出来得る限りの大きさに成長させるよう、過育ドームの能力をフルに発揮させて、適当に調節してやればいいわけです。さあ。愚図愚図してはいられません。すぐにやりましょう。やりましょう」おれはひとりで騒ぎ立てた。「さあ、すぐにかかりましょう。ファンファン。その丘のある場所を教えてください。すぐにアルファルファを採集に行きましょう。すぐ行きましょう。今行きましょう」

「若い人は気が早くていけない」ファンファンはにやにや笑いながらおれを眺めていった。「おまけにあんたは、どうやらわしの話を上の空で聞いておったらしいのう。わしはちゃんと、最初にことわっておいたはずじゃ。その牧場は、地球で最後まで続いた牧場じゃったとな。つまり、今はその丘には日用雑貨保存ドームが出来てしまっておる。じゃによって、そこへ行ったところでアルファルファなど生えてはおらん」

おれはしばらく、ぽかんと口を開いてファンファンを見つめた。それからまた、ぐったりと椅子に腰をおろした。

「これは若いものいじめだ」おれは泣き出した。「それならなぜ、今はもうどこにも生えていないアルファルファのことなど、ながながと話したんですか。何にもならない。無意味だ」

「また早合点をする。決して無意味ではないのじゃ」と、ファンファンはいった。「なぜならわしは、三百年前にその牧場から採集してきたアルファルファを、今もまだ自分の部屋の植木鉢の中で育てとるからじゃよ」

おれはとびあがった。「その植木鉢を持ってきてください。さあ早く。さあ早く」

「あなたはぼくをからかっている」

「その植木鉢は、昨日うっかりして四階の窓からポーチへ落し、壊してしもうた」

「あなたはぼくをからかっている」おれは泣きわめいた。「アルファルファの花は、あるのですか。はっきりいってください。お願いです」

「あんた、ポーチを見てきてくれんか」と、ファンファンはいった。「おそらく、まだ枯れてはおらんじゃろう」

「バンザイ。枯れていませんでした」おれは数十本のアルファルファを両手にかかえて、ホールに駈け戻った。

「ではそれを過育ドームへ入れて、できるだけ巨大化しよう」ヘンリー・ブラウンがそういって、おれの手からアルファルファをとった。「数時間で、相当大きくなるはずじゃ」

夜が明けはじめた。窓から見ると、すでに西八番街の火は消えていた。

「ぼくは少し寝ます」と、おれはヘンリー・ブラウンにいった。働きづめ、喋りづめでふらふらだった。「クモ人間が攻めてきたら起してください」

自分の部屋に戻り、ベッドにもぐりこんで少しうとうとした時、おれはヘンリー・ブラウンに叩き起こされた。

「起きてくれんか」

おれはとび起きた。「クモ人間がやってきましたか」

「そうではない。ちょっとあんたと相談したいことがある」

「もう少し寝かせてくれませんか。今、うとうとしはじめたばかりです」

「何をいっとる。あんたはもう十時間も寝たんじゃぞ」

おれはあわてて服を着た。

「クモ人間は西八番街と九番街を焼いて、あそこにあった建物をぜんぶ消してしまいおった」ヘンリー・ブラウンは屋上から西を指し、おれにいった。「焼け跡らしいものも見えぬ。きれいに片づけてしまいおったらしい」

「攻撃してくるような気配はありませんか」

「ぜんぜんない。しかし、地球上の他の町を焼いとるかもしれんな。遺跡や旧跡のある町をじゃ」彼はおれを振り返っていった。「どうじゃ。ミニ・ジェットで地球をぐるりと見回ってこないかね。わしも心配じゃから一緒に行く」

「留守中にあのクモ人間が攻めてきたらどうします」

「二時間ぐらいは大丈夫だろう。留守はドン・カスターにまかせておこうじゃないか。ドン・カスターは退役の陸軍歩兵少佐じゃ。さっきから老人たちに軍事教練をやってくれておる」

「では、行きましょう」

「クモか人間かわからぬような怪物に、かけがえのない地球の文化遺産や歴史的記念物を燃やされてたまるもんか」ヘンリー・ブラウンはミニ・ジェットの助手席の窓から万里の長城を見おろしてそういった。「わしらはああいったものを守らなきゃならんのじゃ」

「しかし、ああいったものに愛着を持っているのは今では、結局のところ地球から一歩も出ようとしないあなたがた百人足らずのご老人だけなんですよ」チベットのラマ廟の上空で操縦桿を前方へ押し倒しながら、おれはそういった。「他の人たちはみんな新しく開拓された星へ移住した。そっちの方がずっと住みやすいからです。なぜあなたたちだけが皆といっしょに住まないで、こんなところにしがみついているのか不思議でなりません」

「わしらこそ、あんたたちの考え方が理解できんわい。なぜわしらが他の人間たちといっしょによその星へ行かなければならんのかね。わしらが地球にとどまっておるからといって、誰に迷惑もかけとりゃせんじゃないか。それをどうして自分たちと同じように行動しない者をば自分たちと同じように行動させようとしてくどくど説得するんじゃ。わしらはただ、ここにいる方がいいからここにいるだけで、何もわざと頑固ぶっとるんじゃない。わしらは流行の波に乗ろうとせんだけなのじゃ。わしらはただ他の老人たち――つまり若い者のご機嫌をとるためにわざと流行に歩調をあわせる老人たちや、自分がまだ若いと思いこみたいがために若い者から仲間はずれにされるのを恐れる老人たちのようにはなりたくないし、また性格的にそうなれないというだけなのじゃ」ヘンリー・ブラウンはスフィンクスの前足の爪さきに小便をひっかけながら喋り続けた。「わしらが生まれたのはちょうど、封建制の残滓がやっとのことでどこにも見られなくなり、文明の工業化と都市化が全盛に達する少しばかり前――つまり人口の過渡的成長の後期に属する時代じゃった。わしらの年代の人間の行動原理、生活原理というものは、生産の拡大じゃった。わしたちはそれぞれの心の中に、たとえば知識、金銭、技術、名声、権力、善、所有物などという、はっきりした目標を持っておった。いいかえればわしらは、自分たちの仕事というものにとり憑かれておった。つまりわしたちの年代の人間の心理的メカニズムの中には、一種のジャイロスコープが内蔵されておったわけじゃな。確固とした方向に己れ自身を駆り立てる心理的羅針盤じゃ。ところが今の若い連中の心の中には何があるか。何もありはせんが。あるのはただ頭の上に高だかと突き出ておるアンテナだけじゃ。アンテナ――つまり心理的レーダーによって、今の若い連中は周囲の人間の様子を伺い、流行に乗り遅れまいとしておる。仕事なんぞはほったらかしじゃ」

「ほったらかしではありません」今はすでに四十八度五分傾いたピサの斜塔にもたれ、おれはヘンリー・ブラウンに反論した。「レジャーでの社交性を仕事の中に含め、魅惑的な職場を作ろうとしているだけです。遊びがあれだけ楽しくやれるのだから、仕事だって楽しくやれるはずなのです。だから仕事を楽しくやろうとしているだけなのです。それに対して『仕事を遊び半分にやっている』とおっしゃるのなら、何をかいわんやですがね。対話の断絶です。いいですか。ぼくたち若い連中は、昔の人たちよりもさらに多くのこと、違ったことを人生の中に求めようとしているんです。なぜかというと、社会が安定して豊かになった、だからぼくたちは、餓えをしのぐなんてことではなく、むしろ『よき生活』を求めているんです。飢餓とか欲望とかいった昔からの生存のための動機は、今はもうなくなってしまっているんです。仕事をする必要は、ほとんどなくなっているんです。都市化、工業化が終り、人口の初期的減退が始まり、第三次産業が基調をなしている文化の中では、生産ということが大して必要でなくなっているのですから、仕事よりも、レジャーをいかに過し、いかに人生の中から『よき生活』を見つけ出すかに重点が置かれるのです」

「では、そうとしておこう。非常に結構じゃ。それでもよい」エッフェル塔の鉄脚に旧式なマッチをこすりつけ、タバコに火をつけながらヘンリー・ブラウンはいった。「ただわしのいいたいのは、その考えをわしらにまで押しつけんでほしいということじゃ。『対話の断絶』なんてことは大昔からいっていたことで、今頃になってことさらあんたたちが騒ぎ立てることはない。対話が断絶したからというて、誰も困りゃせんじゃろうが。なぜあんたたちはそんなに、他人が自分たちと同じような考えを持たないことを気にするのかね。だいたいあんたたちは、自分が集団から仲間はずれにされることを気にしすぎていやせんか。あんたたちのあいだじゃ『あいつは自分のことを、ちょっとしたもんだと思ってるんだぜ』とか『あいつはちょっと変ってるね』とかいわれることをひどく恐れるが、あのいまわしはあんたたちの集団意識を実にみごとに象徴しとるよ。仲間よりも抜きん出ていたり、ちょっと外れているような人間を鋳型にはめこむ社会――それが今の社会じゃ。ひと目に立つということが、現代における最大の悪徳なのじゃ。わしらの時代の立身出世主義などあんたたちにとってはそれこそ、とんでもないことなんじゃろうな。そしてその仲間集団をつなぐ共通の意識は、くだらん『流行』なのじゃ。つまり、ちょっとした消費者嗜好なのじゃ」

「その消費者嗜好というのが、なかなか『ちょっとした』問題じゃないんですよ」おれはロンドン塔の上から周囲を見まわしながら、横に立っているヘンリー・ブラウンにいった。「消費者としての才能を身につけようとするには、大変な努力がいるのです。ちょうどあなたたちが昔、仕事の技能を身につけようとして訓練にはげんだのと同じです。消費の才能というのは、昔の金持がやったように、これ見よがしに立派な屋敷とか、美術品とか、馬とか女とかをやたらに所持することでは決してないのです。今もしそんなことをすると、それには他人の羨望の的になるという危険が待ち受けているわけですよ。われわれの消費というのはもっと洗練された、一定限度内の、しかも個人主義的ではない、趣味による消費なのです。よき消費文明はよき趣味を持った消費者でなければ維持できません。しかし、それを別段はずかしがることはありません。また消費社会のリーダーは、男よりは女であり、大人よりは子供です。でもそれだって、ちっともはずかしいことではないのです」

「だがわしたちにとってはそれが、身も世もあらずはずかしい。とりわけ、わしらの年代の老人連中の中にさえ、そういった文明を認める奴がいるということがはずかしい。昔わしの友人だった男は小学校の教師じゃったが、そいつはクラスの中でいちばん人気のある子供のあいさつの仕方を真似しとったよ。そうしないと子供たちから話しかけて貰えなかったからじゃ」ヘンリー・ブラウンは助手席の窓から自由の女神を見おろしながらそういった。「今の人間社会には、明確な目標というものがない。わしたちの時代にはあった。

われわれの社会での競争というのは、しばしば冷酷なものじゃった。しかしわしたちはそういった社会の中で自分たちの立場というものを、はっきりとわきまえておった。そして自分たちが競争しておるという意識を、はっきりと持っておった。ところが今の社会では目標は重要ではなくなっている。重要なのは他人たちとの関係だけなのじゃ。だからあんたたちは、自分が他人よりも成功することに一種の罪悪感を抱くのじゃ。わしらの子供の頃は『立身出世物語』や『英雄伝』をむさぼるように読んだ。だが、あんたたちにいわせると、そういったものは教科書と同じような、いわばタテマエ文化の一種だというわけじゃろうな。とにかく今の若い者には、大きな野心もなければ根性もない。夢もなければ希望もない。あるのはただ、隣り近所と仲良くしながら、住み心地のよい小市民的な家庭を持ちたいというみみっちい願いだけじゃ。あんたがどういおうと、これは確かなことじゃろうがな。どうじゃな」

「それはそうかも知れませんがね」おれは太平洋の上空で操縦桿を前方へ押し倒しながらいった。「しかしあなたがたご老人——つまりジャイロスコープ型の人たちは、われわれレーダー型の人間の消極的な面ばかり見ていますね。われわれにだって、あなたがたには不足しているような面で、しかも積極的な面があるのです。どういうことかというと、つまり思いやり、感受性、寛容の精神、解放性、心理的な抑圧がないこと、他人に対する理解、変化につねに対応できること——まだまだありますよ。とにかく、われわれの柔軟性は決して悪徳ではないと思いますね」

「結局クモ人間たちはどこも破壊して居らなんだようじゃな」屋上のエアー・ポートに降り立ち、ヘンリー・ブラウンはほっとした様子でそういった。議論は中断した。

屋上ではドン・カスター退役少佐が、老人たちに過激な軍事教練を施していた。ドン・カスター自身はエア・カーに似た小型の車に乗ったまま、大声で号令をかけているだけだ。彼は百六十年前からその車に乗ったまま、寝る時でさえ降りたことがない。なぜかというとその車は、ドン・カスター自身の肉体に直結されている人工肝臓だからである。

医学が発達していろいろな人工臓器ができたものの、いちばん遅れたのはやはり人工肝臓だった。肝臓の機能があまりにも複雑多岐にわたっていたからだ。それまではたとえば、胆汁分泌作用が減退した時には人工胆汁の補給で解決するとか、せいぜいそういったことしか行なわれていなかった。肝臓そのものの代用品を作ることはまず不可能に近いと思われていた。だが二百年前、ついに医学は不可能を可能にし、ネオ・グリコーゲン・ラバーと合成レバー原料などを主体として、これに人工フィブリノーゲン・プロトロビン細胞索などを配置した人工肝臓を作りあげたのである。もっとも最初のそれは重量約三十トン——小型の船舶か小さな建物ぐらいの大きさの代物で、人工肝臓の手術を受けた人間があちこち出歩くことなどとても出来なかった。だがその後何度も改良され、ついに現在ドン・カスターが乗っている車ほどの大きさのものにまでコンパクトにされたのである。ドン・カスターの教練はきびしかった。しかし爺さん連中はみんな、どこから持ってきたのか鉄錆びの色もあざやかな旧式の鉄砲をかかえ、汗だくになって走りまわり、腹の皮をすり剝きながら匍匐前進し、義手義足をあたりにバラまきながら障害物をとび越えたり、ひっくり返ったはずみに銃剣の先で自分の胸を突き刺して補聴器を壊したりしていた。その熱心なことは驚くばかりだった。みんな死にものぐるいなのである。

ホールへ降りると、ここでは婆さん連中が、行方不明になったままのアーサー・コンプトンの為に葬式をやっていた。老人にしては気の早い話だが、例のアーサーの恋人と自称するマージョリイが、もし死んでいるのなら早く葬ってやらないと浮かばれないからといって、早急にやることを提案したのだそうである。ただ、アーサーの信じていた宗教の種類がわからない上、婆さんの癖に信心深いのがひとりもいないので、リンダ香川があちこちのうろ憶えをごちゃまぜにして、お祈りともものりともお経とも呪文ともつかぬものをわめき散らしていた。

「アラーの神の僂麻質斯、悪しきを払うて南無阿弥陀、天なる神よトラヤアヤア、盛者必滅会者常離、沈魚落雁非常識、オンアボキャーベーロシャ南無八幡、羅漢さんが揃うたら廻そうじゃないかヨイヤサノヨイヤサ」

　これでは死者も浮かばれないと思ってあきれていると、ひょっこりアーサー・コンプトンが帰ってきた。

「今まで異星人に捕まっていた」わっと周囲をとり巻いた老人たちに、アーサーはそう報告した。服は焼け焦げだらけでぼろぼろの上、よほど疲れているのか眼にはクリーム色の目やにがいっぱいこびりついていて、片方の瞼などはほとんど塞がってしまっている。

「アーサー。おお。アーサー」

　マージョリイが彼に抱きつき、彼の頬に自分の顔をこすりつけてすすり泣いた。たちまちふたりの顔は目やにで一面クリーム色になった。

「なんとか火を消してやろうとして火事場へ引き返したとたん、異星人たちに捕まった」

「おお。おお。アーサー。きっとひどい目に会わされたんでしょうね。可哀そうに」マージョリイはくしゃくしゃのハンカチをとり出し、それにぺっと自分の唾を吐きかけて、アーサーの顔の汚れを拭ってやりはじめた。

「いや、あの手足の長い奴らは、わしに何の危害も加えなかった。あいつらは銀河系の中心部――射手座の方向にある恒星系からきたのじゃそうな。奴らはわしらの持っておるものよりは、ほんのちょいとばかり上等の自動通訳器を持っておってな。それで話をしたのじゃ。奴らの身体はわしらとほぼ同じくらいの大きさじゃが、全体が黒に近い灰色で、胴体のまん中へんがくびれ、頭と胸の部分が上、腹が下になっとる。眼は単眼じゃが八個ある。雌は卵を産む」

「ますますもってクモじゃ」と、ファンファンがいった。

「奴らは自分たちの星の人口が増加したので、住みやすい所を探して地球にやってきおったのじゃ」アーサーは報告を続けた。「地球上の建物を焼きはらい、そのあとを整地して自分たち用のドームを建てるつもりじゃというておった。現に西九番街、八番街の焼け跡はたった半時間で地面が平らにならされ、今ではすでに奴らの小さなドームが三十個あまり出来ておる」

「あのハチはやっぱり、地球のマルハナバチじゃろう」ファンファンが自分の出した結論の証明を求めた。

「そうじゃ」アーサーはうなずいた。「奴らは地球にきてすぐ、この星にふさわしい自分たちの乗りものを求め、北米大陸のどこかで見つけてきた生き残りのあのハチをば、西九番街のマンションの附属施設じゃった過育ドームへ入れてあんなに大きくしおったのじゃ。奴ら、その過育ドームだけは燃やさずに残しておる。その中には奴らによって飼い馴らされたハチが二十四ばかりおる」

ねた。

「あんたは、奴らの隙をうかがって逃げ出してきたのかね」と、ヘンリー・ブラウンが訊
「そうではない。奴らはわしの話を聞いた上で、ここへ帰してくれおったのじゃ」

「話ですって」おれは訊ねた。「いったいあなたは、奴らとどんな話をしたのです」

「わしらのことじゃ、若い者たちが、地球を捨てて他の星へ移住したが、わしらだけはここへ残ったということを話したのじゃ。わしらがいかにこの地球を愛しとるか、この地球の文化遺産、歴史的建造物を愛しとるかを話したのじゃ。すると奴らはどうした加減か、おいおい泣き出しおった」

老人たちはびっくりしたらしい。「何じゃと。あのクモが泣いたというのか」

「そうじゃ。奴らは身につまされおったらしい。つまり奴らも、故郷で持てあまされておる老人たちだったのじゃ。若い者たちに邪魔扱いされ、腹を立てて自分たちからおん出てきたというておった。奴らはわしの話を聞き、地球を焼くことを断念しおった。また奴らは、この星にもしも原住民がいた場合、自分たちの身の安全のために皆殺しにするつもりじゃったらしいが、わしらが老人ばかりと聞いて、それもやめにすることにしたらしい。いつまでも、この養老院にいてもいいといいおった。わしは、ここは養老院じゃない。普通のホテルじゃというてやったが、奴らも若い者同様、最後までここが養老院じゃと思う

ておった」彼は横眼でじろりと、おれの方を見た。「わしの考えでは、どうやら奴らはわれわれが若い者に置いてけぼりにされたと勘違いしおったのではないかと思う。わしはけんめいになって、ここが姥捨山ではないことを説明したのじゃが」

ドン・カスター少佐が、憤然として叫んだ。「ではわしらは、奴らに哀れまれたというわけか」

「そうなのじゃ。わしゃ実に腹が立った」アーサーは口惜しげに唇を歪め、残り少ない歯をきりきりと嚙んだ。「それでわしは、奴らにこう言うてやった。お前らみたいなクモどものお情けで、わしらが有難がると思うたら大間違いじゃとな。わしらは老人じゃが、自尊心だけは失うとりゃせん。この地球はわしらのものじゃ。お前たちに侮辱されて住まわせて貰うよりゃ、お前たちと戦って死んだ方がましじゃとな」

「ようういうた。アーサー・コンプトン。その通りじゃ」ヘンリー・ブラウンは眼に涙をいっぱい溜めながら、アーサーに近づいて彼の手をしっかりと握った。「ようういうてくれたぞ。アーサー。お前はやっぱり男の中の男じゃった」

他の老人たちも、おいおい泣き出した。「畜生。わしらはクモに哀れまれた。馬鹿にされたのじゃ。なさけない」

「奴らを殺せ」と、ドン・カスターが絶叫した。「あのクモどもを一匹残らずぶち殺せ。

わしらはこの地球を守るのじゃ。奴らに飼い馴されるよりは、戦って死のうではないか」

「そうじゃ」

「その通りじゃ」

老人たちがいっせいに、そう叫びはじめた。

「まあ、ちょっと待ってください」おれはびっくりして老人たちを制した。「彼らは攻めてこないといってるんじゃありませんか。なぜこちらから戦いを挑むのです。戦いなんて野蛮です。やめましょう。戦っても勝ちめはありません」

「勝ちめのあるなしが問題ではない。これはわしらの自尊心の問題じゃ。奴らは最初、わしたちを皆殺しにする気だったのじゃぞ」ドン・カスターはそういって、おれを怒鳴りつけた。

「彼らの最初の意図はともかく、今ではわれわれに手出しはしないといってるんじゃありませんか。平和共存でいこうといってるわけです。戦争はいけません」

「平和共存じゃと」ドン・カスターは苦笑した。「平和共存なんてあり得ない。昔から平和共存が永続きした例はない。第一わしはクモが嫌いじゃ。だから先方もこちらが嫌いにきまっとる」

「早合点はいけません」おれはけんめいになって説得しようとした。「平和な話しあいで、何でも解決できるのです。先方さんだって老人なんですよ。追い出しては気の毒です。また他の星を探して、放浪しなけりゃならないのですからね」

「それなら、頭を下げてこっちへ挨拶にくるべきだったのじゃ」ヘンリー・ブラウンがいった。「奴らはすでに西九番街と八番街を焼いておる。わしの想い出の場所、西八番街ホテルも焼かれた。奴らは死刑にするべきじゃ」

「そうじゃそうじゃ」

「殺してはいけません。クモだって生きものさ」おれは老人たちの戦闘意欲を失わせるため、わざとふざけて見せた。「老人だって生きものさ」

「あんたはそれでも男か」アーサーは氷のような眼でおれを眺め、そういった。他の老人たちもみんな、軽蔑の眼差しでおれを見た。

おれは首をすくめ、説得をあきらめた。

「大砲を出せ」ドン・カスターが戦闘準備の指揮をしはじめた。「博物館の戦車、装甲車を持ってこい。ファンファン、あんたは皆を指図して、トラックの荷台にアルファルファを積んでくれ。他の者は武器をとれ。女たちは電気槍をとれ。みんな、わしに続け。それ進めや進め」

こうなってしまっては、もうどうしようもない。おれも小型手榴弾の箱をかかえ、戦列の最後尾についた。

　戦列は西八番街へ通じる大通りを行軍しはじめた。先頭は肝臓車に乗ったドン・カスター少佐で、次に花びらの直径が五メートルもある巨大なアルファルファを一本ずつ荷台の上に植えた大型トラックが八台続き、戦車と装甲車のあとを歩兵部隊が進み、いちばんうしろに婆さんたちがついた。

「敵ドーム見ゆ」装甲車の上からファンファンが叫んだ。

「全隊とまれ」と、ドン・カスター少佐がいった。「戦闘配置につけ。女は全員に小型手榴弾を配れ」

　焼け跡はきれいに整地され、直径十メートルほどの半球型のドームが灰茶色に光って並んでいた。その上空をとびまわっていた偵察係らしい一匹のハチが、われわれを見つけてこちらにやってきた。

「やってきたぞ。油断するな」と、ドン・カスター少佐が叫んだ。

　ハチはアルファルファの花を見て、喜んで近づいてきた。火事の時と違って昼間だから、ハチの上に乗っているクモ人間の姿が、肉眼でもはっきり見えた。クモ人間はあわてた様子で、ハチを方向転換させようと努めている。しかしどうやらハチの本能まで左右することができなかったらしい。ハチは花びらの中に頭をつっこんだ。

ぷしゅーっ！

花粉が吹き出し、空いちめんがまっ黄色になった。

「びびびび」

ハチは空中で三転した。クモ人間はハチの背中から地上へまっさかさまに墜落した。

「そら。やっつけろ」

歩兵たちがクモ人間に襲いかかった。花粉で全身まっ黄色になったクモ人間は、地べたに激突してもさほどショックは受けなかった様子で、すぐ立ちあがり、ドームの方へ逃げ始めた。

「逃がすな」ヘンリー・ブラウンが先頭に立って追いかけはじめた。

クモ人間は苦笑のような表情を浮かべながら、細ながい四肢を使い、跳ぶように逃げて行く。逃げ足は早く、老人たちの足ではとても追いつけそうにない。

ドームの附近にいた七、八人のクモ人間たちが、びっくりしてこっちへ走ってきた。

「きたぞ」

「あいつらも殺せ」

「戦闘開始」と、ドン・カスター少佐がサーベルを引っこ抜いてわめいた。「突撃。突っ込めえ」

サブ木村爺さんが突撃ラッパを吹きならした。この爺さんは若い頃、交通事故にあって顎をなくしているから、今は鉄製の義顎をつけている。ラッパはその顎にしっかりとビスで止めてある。だから死んでもラッパを口からはなせない。

ヘンリー・ブラウンの撃った鹿弾《しかだま》がクモ人間の腹に命中して穴をあけた。それでもクモ人間はあまり痛そうな顔もせず、少しよろよろしながら逃げていく。やってきた七、八人のクモ人間が彼を両側から支えて、ドームの方へ引き返しはじめた。

戦車と装甲車がドームに向かって砲撃をはじめた。狙いは正確なのだが、ドームはびくともしない。ドームの中からは、轟音におどろいて大勢のクモ人間がばらばらと駈け出てきた。

「手榴弾を投げろ」と、ドン・カスター少佐が叫んだ。

如虫潰《ルーチョンキ》は小型手榴弾の信管を歯で引っこ抜き、二十数えてから大きく腕を振りあげた。その途端、義手が肩からはずれ、手榴弾を握りしめたままの義手が味方のいる方向へ飛び、ドン・カスター少佐の乗った車のライトに命中した。

少佐は下腹部を押さえて呻いた。「ウーム肝臓をやられた」

おれの隣りにいたミルトンが、信管を引き抜こうとして口に銜えた途端、うしろからよたよたと走ってきたミレーヌ婆さんに追突され、手榴弾を呑みこんでしまった。

ミレーヌ婆さんは走り去った。

「しまった。呑みこんだ」ミルトンは茫然として、指さきにつまんだ信管を眺めた。それからとびあがった。「たいへんじゃ。あと二十秒で爆発する」

おれはびっくりして、彼の傍から離れようとした。

「待ってくれ」彼はおれの片足にしがみついた。「わしをひとりにしないでくれ」

「放してください」おれはたまげて、彼を突きはなそうとした。「ぼくまで死んでしまう」

「ひとりで死ぬのはいやじゃ。淋しい」彼は泣きわめいた。「わしといっしょにきてくれ」

「道づれにしないでくれ。おれはまだ若い」おれは動顚して泣き叫んだ。「あなたひとりで死んでください」

「おおそうじゃ。思い出した」ミルトンは手をうって叫んだ。「わしの胃袋は人工胃袋じゃった。取り替えがきく」

彼はあわてて服を脱ぎ、引き出しになった胃袋を腹からひっぱり出し、力まかせに遠くへ抛り投げた。胃袋はドームに命中して爆発した。砲弾でも壊れなかったドームは、ミルトンの胃袋で半壊した。ドームの中にいた連中が、クモの子を散らすようにぱっと周囲に逃げ出した。

アルファルファのトラック八台を中心にして、戦車、装甲車、それに歩兵部隊が、ドーム群のまっただ中に突入した。

「進めや進め」

おれたちよりはずっと高度な攻撃力を持っているはずのクモ人間たちは、どうしたわけか反撃の様子をぜんぜん見せず、うろうろと逃げまわっているばかりである。

アルファルファの花の香にさそわれたマルハナバチが約二十四、過育ドームの入口のシャッターをぶちこわして飛び出してきた。いずれのハチにも、クモ人間は乗っていなかった。ハチの群れはアルファルファの花にとびこみ、授粉機構の引き金をはずして弾《はじ》きとばされ、空中でひっくり返り、あるものは羽を破られて墜落してきた。あたりは一面まっ黄色、敵も味方もまっ黄色である。

花粉の海の中で、頓珍漢な戦闘は続いた。

菊五郎は義歯《いれば》を簡略化したデザインの軍旗を持ち、あちこち走りまわっていた。彼の腰から下は肉体ではなくて鋼鉄製だ。義足を動かそうとする時は、腰についたハンドルを手でまわしながら走る。走っている時はカタカタカタという機械音があたりに響きわたる。彼はいきなり立ち止まろうとしても、すぐには停止できない。しばらく惰性で走り続ける。彼は眼の前にドームの壁が迫ってきたので立ち止まろうとしたがうまくいかず、カタカタカタといいながら走り続けてドームに体あたりし、地べたへ仰向けにひっくり返った。ひっくり返ってからもしばらく彼は、カタカタカタといいながら走る恰好をし続けていた。

クモ人間たちは花粉にまみれ、すべったりころんだりしながら、例の苦笑のような表情で中央のドームに逃げこんだ。

「敵はすべて、あのドームに立てこもったぞ」と、ドン・カスター少佐が叫んだ。「集中砲火をあびせろ」

ドームはあいかわらず頑強だった。砲弾の炸裂ぐらいでは、びくともしない。

やがてドームは、ゆっくりと身じろぎを始めた。

「やっ。あのドームは宇宙船だったのか」ヘンリー・ブラウンがおどろいて叫んだ。

半球型のドームは、まん丸の底面をゆっくりと地表から離し、ふわりふわりと垂直に上昇しはじめた。どうやら反重力装置を使っているらしい。

「敵は逃げ出したぞ」

「われわれを恐れて退却を始めたのじゃ」

老人たちが騒いでいるうちにもドームは昇り続け、やがて水平飛行に移ると、屋根につもった花粉をぱっとまき散らして東の空に飛び去った。

「われわれは奴らを追っぱらったのじゃ。われわれが勝った。わしらはまだまだ、誰にも負けはせん。誰にもな」その夜、ホールで行なわれた祝賀パーティの席上、ヘンリー・ブラウンは立ちあがってそういった。

おれにはどうもそうは思えず、クモ人間がわざと敗北を装って逃げて行ってくれたように感じたのだが、老人たちの勇気にはたしかに感心していた。

「あなたがたの勇気を新開地の若い連中に、伝えましょう」おれも立ちあがってそういった。

「あなたがたを見直しました」六ヵ月ののち、任期を終えて地球から飛び立つ際にも、おれは見送りの老人たちにいった。「あなたがたはすばらしい人たちです。わたしはいつの日か、ふたたびここに戻ってきたいと思います」ほんとうに、そう思っていた。

老人たちに共感を抱き、地球の都市に愛着を感じ始めたということは、おれもそろそろ歳だからかもしれないな——土星に向かう定期便の船室の中で、おれはそう考えた。

人口の初期的減退期では、老人の数がふえ、子供の数がぐっと少なくなる。現におれだって、考えて見ればもう百三十二歳になるのだから——。

持病の膝関節炎が、また痛み出してきた。

近所迷惑

その夜おれは、白井という友人の家で、彼の撮影した面白くもない8ミリ映画を無理やり見せられていた。

八ヵ月の苦心の末にやっと完成したという、セミの生活の記録映画で、彼にいわせれば、これぞセミ・ドキュメンタリイなどといって威張っているが、おれは退屈でしかたがなかった。

「よくまあ、これだけ面白くない映画が作れたもんだ」映画が終ってから、おれはあきれて白井にいった。「も少し何とかならなかったのか」

彼は怒って黙りこんでしまった。

「おれはそろそろ帰るよ」おれは立ちあがった。

「褒めてくれたら酒を飲ませてやろうと思っていたが」と、彼はいった。「けなされて気分をこわした。おれはもう寝る。帰れかえれ」

おれは苦笑しながら玄関へ出た。白井は見送りにも出ず、茶の間にいて、ふてくされていた。

この白井という男は、おれと同じ会社に勤めている同僚だが、おれと同じ三十歳になってもまだ結婚せず、親の遺産のこの大きな家に、たったひとりで暮しているのである。

靴をはき、三和土《たたき》からポーチへ出ようとして玄関のドアをあけ、一歩踏み出しかけた足を、おれはあわててひっこめた。しばらくは、あきれて立ちすくんでいた。

そこにはポーチはなく、ポーチから十メートルほど先の門まで拡がっていたはずの芝生や植込みや飛び石もなくなってしまっていた。足もとの五メートル下は海になっていて、そこへは波が打ち寄せていた。見渡す限りの大海原である。おれはもう少しでその海へ、まっさかさまに転落するところだったのだ。空は曇り空で星がなく、水平線はるかでは暗い空と黒い海が溶けあっていた。

おれはしばらくの間潮風に吹かれ、そこに茫然と佇んでいた。やがて靴を脱ぎ、茶の間へとって返し、まだ仏頂面をしている白井の前に腰をおろした。

「どうした」と、白井がいった。「あの映画を褒めてくれない限り、酒はやらんぞ」

「酒はどうでもいい」と、おれは白井にいった。「いつお前は、崖の上へ引越した」

「崖がどうかしたのか」

「この家は今、崖の上にあるんだ」おれはわめいた。「崖の下に白い波がざーんぶらこ、ざーんぶらこと打ち寄せている。下は海だ。おれは帰れない。どうしてくれる」

「ここは渋谷区だぞ」と、白井はいった。「渋谷区に海はない」

「船を出してくれ」おれは白井につかみかからんばかりの勢いでいった。「これはお前の責任だ。さあ船を出せ。おれを無事に家まで戻してくれ」

「船はない」彼はおれの剣幕におどろいて、はげしくかぶりを振った。「タクシーを呼んでやろうか」

「これは陰謀だ」おれは卓袱台《ちゃぶだい》を握りこぶしで叩いた。「タクシーなんか、くるもんか」

白井は怒り狂うおれの様子を、しばらく心配そうに眺め続け、やがてぶつぶつ呟きながら立ちあがった。「おれが見てきてやる。まったくおかしな奴だ」

彼は玄関へ行き、しばらくしてから腑抜けのような表情で戻ってきた。まるで腰を抜かすように、おれの前にへたへたと腰を落した。うわの空でタバコに火をつけ、一服吸ってから、じろりとおれを見た。「何をたくらんでいる」

「何もたくらんでなんかいない」おれは絶叫した。「今日会社で、おれがサボって喫茶店でテレビを見てたのを課長に報告した奴が、君だなんて思っちゃいないよ」

「きっと、そう思っているんだ」白井は立ちあがった。「この窓の外はどうなっているかな」

彼は裏庭に面しているはずの茶の間の窓のカーテンをめくり、外を覗いた。

あんぐりと口をあけ、おれを振り返って口をぱくぱくさせた。

「どうした。外は何だ」おれは顫えながら訊ねた。

彼は窓を指さしながらいった。「ネオン。ババ、バババババー、キャ、キャ、キャバレー……銀……銀……」

「銀座だというのか」

彼ははげしくうなずいた。

おれは立ちあがり、窓ぎわに駈け寄ってガラス窓を開いた。ネオンの光と騒音が部屋の中へ流れこんできた。外には、見おぼえのあるみゆき通りの夜景がひろがっていて、車や通行人が往来していた。流行歌がもの悲しく流れている。

「ここからなら、出られるかもしれないな」

おれはすぐさま玄関へとって返して靴をとってきた。窓枠をまたぎ越し、窓のすぐ下にあるポリバケツのゴミ箱の蓋を足がかりに、路上へ降りた。ポリバケツの横に落ちていた腐った果物を踏み潰し、おれは滑って転倒した。腰をひどく打った。

尻餅をついたままの恰好で靴を穿き、出てきた窓をふり仰ぐと、そこは四階建てのうす汚ないビルの裏窓だった。白井の姿は見えなかった。

　のろのろと立ちあがり、おれは有楽町の方へ歩き出した。時計を見るとまだ八時過ぎなのに、すでに酔っぱらって歩いている奴がいた。

　国電に乗るのをやめ、おれは個人タクシーを拾った。「都電の青山一丁目まで行ってください」

「はい」

　タクシーは十メートルほど走って停った。

「百円いただきます」運転手は首を傾げながらメーターを見て、そういった。「おかしいなあ。有楽町から青山までなら、たいてい三百円以上になるんだが」

「一分とかからなかったな」おれも百円玉を渡しながらいった。「いつもなら十分はかかるのに」

「今日はもう、商売はやめだ」運転手は吐き捨てるようにいった。「さっきは横浜へ行こうとしたら神戸へ出た」

　おれの家は停留所からふた筋裏通りへ入ったところだ。角を曲って我が家を眺め、なんとなく様子が変っているのに気がついた。

「いやに小さくなっちまったな」とびあがった。「二階がない」

二階には、おれが大切にしているステレオと、モダン・ジャズのレコードと、書籍が置いてある。あわてて家へ駈けこみ、靴のまま台所へかけあがって、おれは妻の胸ぐらをつかんだ。

「こら」と、おれはいった。「二階をどうした」

「何よう。靴のまま入ってきて。痛いわ。はなしてよ」

「いや。はなさない」おれは怒鳴った。「二階をどこへやった。亭主の目を盗んで二階をどこへ盗んだ」おれは完全に逆上していた。「大それた女だお前は。ヘソくるにことかいて二、二階を……二階を」

「なんですって」

「二階がなくなっている。どこへかくした。事と次第によっては離婚だ離婚だ」おれはわめきちらした。

「二階なら、ちゃんとあるわ」妻は奥を顎で示した。「ちゃんとそこに、階段があるじゃないの。階段があって二階がないなんて家は、聞いたことがないわ。この家はあなたのお父さんの代から二階建てよ」

「信用できん」おれは妻をはなし、階段を駈けのぼった。

ひんやりとした風が、汗ばんだおれの顔をなでて通り過ぎて行った。そこは屋上だった。

どうも見たことのある屋上だと思って眺めまわすと、おれが通学していた高等学校の屋上だった。

いつのまにか空は晴れ、千億の星くずが降るようにまたたいていた。東の空、遠く山なみの霞むその上には蒼白く月も出ていて、それは三日月だった。

おれはぼんやりと手すりに近づき、あたりの景色を見まわした。混乱した頭に、青春の記憶が蘇ってきた。

「めずらしく、空が晴れましたね」背後で声がした。

それは初老の貧相な男だった。十数年前に比べてめっきり白髪が多くなり、皺の数もふえているが、その男はおれに数学を教えた教師にまちがいなかった。

「ええと、君はたしか……」彼はおれの顔を眺め、口を半開きにした。

「福原です」と、おれはいった。

「ああ。そうでしたね」彼はにこやかにうなずいた。

おれはこの教師に、数回殴られている。高校時代は軟派だったし、成績は悪かった。しかし、この教師の殴りかたはひどかった。大型の計算尺でやられたのだ。

憎悪と怒りが復活してきた。今、殴り返してやろうかなと考えていると、彼は星を見あげながらいった。

「あなた、ここへはよく涼みにくるんですか」

「いいえ。偶然来たんです」

「そうですか。わたしは今夜は、宿直なんです」

「先生はその後、お元気ですか」

「ながい間、病気で療養していたんです。ご存じなかったですか」

「それは初耳です。で、もうすっかり……」

「ええ、身体の方はもういいんですが、病気している間に女房に逃げられちゃってねえ」

彼は自嘲の笑いを洩らした。彼の背は、すっかり丸くなっていた。

そういえば、この教師は昔から奥さんとは仲が悪かった。おれたちが般若と呼んでいた体操の女教師との浮気がばれ、教務員室へ押しかけてきた奥さんとすごい口喧嘩をしていたことを思い出した。おれを殴ったのも、家庭の不和が原因だったのだろうと思い、おれは彼を殴るのをやめることにした。

「あなた」階下から、妻の呼ぶ声が聞こえてきた。

「妻が台所で、わたしの名を呼んでいます」おれは背をしゃんとそらせ、教師に向き直ってそういった。「失礼します」

学生時代のように礼儀正しく頭をさげてから、おれは階段を一階へ降りた。たとえおれの気が違っているにせよ、礼儀だけは正しくしなきゃいかん——そう思った。

「昼間、左京ストアーからタンスが届いたのよ」台所へ入っていくと、妻がそういった。

妻といっしょに寝室へ行くと、そこには一週間ばかり前に註文しておいた白デコラ貼りのタンスが、でんと置かれていた。

「ねえ。いいでしょう」妻は嬉しそうにタンスをなでまわしはじめた。

「ああ。いいね」おれはうわの空でそういいながら、何気なくいちばん上のひきだしをあけてみた。

おどろいたことに、そのひき出しには底がなかった。のぞきこんだおれの眼に入ってきたのは、ひき出しの底のはるか下方に拡がっている晴れた夜空——一千億の星くずだった。

あわててひき出しをぴしゃりと閉めてふり返ったおれの顔色を見て、妻がいった。「あら。どうかしたの」

「もういやだ」おれは咽喉をぜいぜいいわせながら、畳の上にすわりこんだ。「ひき出しの底がない。星が見えた」

「また、おかしなことを」妻は気にもとめず、茶の間を指していった。「ねえ。下着をこのタンスに整理したいの。手伝ってよ。茶の間にあるのを持ってきて」

「茶の間へ行ったら、もうここの部屋へ帰ってこられないかもしれない」おれはすすり泣いた。「頭が痛いよ」

「おかしな人ねえ。今日はちょっと変よ。あなた」

ちょっとくらいの変ですむものか。発狂しているかもしれないのだが、妻にはわからないらしい。

「どうなるかわからないぞ」

襖をあけてうす暗い四畳半の茶の間へ入って行くと、そこには母がすわっていて、下着を繕っていた。

「まあ昭彦。今日は遅かったんだね」母はおれを見あげてそう言った。

「ママ」おれは母の前にすわった。

母と会うのは八年ぶりだ。懐かしさがこみあげてきて、おれの眼からはしぜんに涙があふれ出た。

「昭彦。どうしたんだい。泣いたりしてさ。まあ、お前ずいぶん若白髪が出てきたねえ。苦労してるんだねえ」

最近おれは涙もろくなっていて、やさしくされるとすぐに泣く。おれはわっと声をあげて泣き出し、母の膝に顔を伏せて身をよじった。「ママ。ママ。ぼくは会社でいじめられているんだ。ひどい目に会わされているんだ」

「可哀そうに。可哀そうに」母はおれの背を撫でさすりながら、そうくり返した。「お父さんさえ生きてらしたらねえ。そしたらお前も、もっといい会社に就職することができたのに」

「みんながぼくをいじめるよ。ママ。ぼくもう会社へ行きたくないよ」おれは泣き続けた。「すみ江がこわいんだ。ぼくをいじめるんだ。口惜しいよくやしいよ」

「悪い嫁をもらったねえお前。まあまあ。いつの間にか顔に皺ができて」

「あなた。何してるのよ」妻のヒステリックな声がした。「早く下着を持ってきてよ」

「すみ江が寝室から、ぼくを呼んでいる」おれはあわてて、あたりの下着類をかき集め、茶の間を出た。

「何してたの」と、妻が訊ねた。「泣いてたのねあなた」

「ママと話してたんだ。茶の間にいるんだ」

「お母さんは八年前になくなったじゃないの。何いってるのよ」妻はおれから下着類をひったくってベッドの上にひろげ、順にたたみはじめた。

「あら。おかしいわね。このスリップはだいぶ前にぼろぼろになって捨てたはずなのに」ぶつぶつ呟きながら、彼女はタンスの一番下のひき出しをあけ、中を見もしないでパンティの一枚を投げこんだ。

「あ」

おれはあわてて、そのひき出しをのぞきこんだ。

案の定、そのひき出しにも底がなく、二メートルほど下の砂地の上に、ピンクのパンティは落ちていた。

「いわんこっちゃない」と、おれは妻にいった。「あそこへパンティを落としたぞ」

妻はおれの横からひき出しをのぞきこんで息を呑んだ。

「まあ。底が抜けてるって、ほんとだったのね。あの肥っちょの店員ったら、こんなタンスを持ってきて」

「明日電話して、とり替えさせればいい」と、おれはいった。「あのパンティはあきらめろ」

「いやあよ」と、妻はいった。「あなた、あそこへ降りて拾ってきてよ」

おれは蒼くなった。じっと妻の顔を眺め、やがて肩をゆすっていやいやをした。

「ねえ。拾ってきてよ」

おれは身をすくめ、すわったまま後じさりをして、いやいやをした。

「あのパンティは、五千円もしたのよ」妻の眼つきが変わってきた。「男の人の下着とは、わけが違うんだから」

おれはまた、いやいやをした。

妻がわめいた。「とってきなさい」

「はい」おれはとびあがった。

それからおそるおそるタンスに近づき、ふたたびひき出しの底をのぞきこんだ。レースのふち飾りをしたピンクのパンティは、あいかわらず乾いた砂の上に落ちたまま風になびいている。ひき出しの底をゆるやかな風が吹いているのだ。外は夜なのに、タンスの底の砂の上には強い太陽光線が照りつけている。どうやらパンティは砂漠の表面に落ちたらしい。

おれは把手の金具に手をかけ、ひき出しの中に身体を入れた。そのままだらりとぶらさがり、腕をのばしきって下を見ると、足の先から地面まではまだ三十センチほど離れている。

手をはなした。

靴下に熱い砂が触れ、おれは砂の窪みのためによろめいて、その場に尻餅をついた。見まわすと四方は、見渡すかぎりの砂の海だった。乾燥しきった砂漠は真昼の太陽に照りつけられて、ぎらぎらと黄金色に輝いている。空は青空だ。雲ひとつないだけならいいが、おれがそこから出てきたはずのタンスのひき出しの底の穴までない。おれはとびあがるほどびっくりした。

おれの頭上にあるのは、晴れわたった青天井と真昼の太陽だけだ。おれは木一本、草一本生えていない砂漠のど真ん中へ落ちたのだ。目に入るのは砂と空だけだ。

おれは声をかぎりに妻の名を呼んだ。何度もなんども、咽喉も裂けよとばかりに恋しい妻の名を呼んだ。それから助けてくれと叫んだ。尿意を催したのでその場で立ち小便をし、それからまた、いとしい妻の名を呼んだ。だが、どこからも返事はなかった。あたりはしいんとしていた。

おれはパンティを一枚ぶらさげたまま、砂漠のまん中に茫然と立ちすくんだ。

「これは夢だ」と、おれはつぶやいた。「夢にきまっている。そうでなきゃ、おれの気がくるったんだ。これは狂気によって生じた幻想だ」

だが、正気にしろ狂気にしろ、陽光にさらされてこんなところにじっと立っていたのでは、しまいには干枯らびてしまう。おれはあわてて歩き出した。

見まわしたところ、一方の側に大きな砂丘があるだけなので、それを目じるしにしてそっちへ向かった。汗が流れ出て、たちまち咽喉がからからになってしまった。

「こんな馬鹿なことがあっていいものか」おれは歩きながらわめいた。「狂っている。世界が狂っている」

どうせ狂っているのなら、またどこか別の世界へ出てしまえば、命だけは助かるかもしれないのだが、こんな時にかぎっていくら歩いても何の異変も起こらない。世の中のいやらしいところだ。

日が暮れかかる頃になっても、まだ砂丘にはたどりつかなかった。いくら歩いても、砂丘はいつまでもおれから同じ距離だけはなれているかに思えた。夕陽によっておれの影だけが長く伸び、砂丘の麓に達していた。

やがて夜になり、星が出た。

くたくたに疲れていたので、そこいら辺にぶっ倒れて寝ようかとも思ったが、元気なうちに歩いておかなければならないし、歩くとすれば夜の方が涼しくて楽だ。おれはそのまま、妻の思い出のピンクのパンティ一枚を胸に抱きしめて、あてどのない夜の旅を続けた。

夜半、やっと丘の麓についた。餓えと渇きで、とうに生きた心地はなかった。

「しまった」おれは砂丘を登りながら、額を叩いて叫んだ。「しまったしまった。昼間したあの小便、あれを飲んでおけばよかったんだ」

塩分は海水より少ないから、飲めないはずはなかったのだ。だが、いくら悔んだところで、もうとり返しはつかなかった。

砂丘の勾配をあえぎながら登りつづけているうちに、夜があけてきた。ふり仰ぐと丘の頂きは急な傾斜の上にそびえ立ち、それを乗り越えようとしているおれを強く拒絶しているかに見えた。その頂きの彼方にあるのも、おそらく砂の波だろう。そうにきまっている。それもひとつのいやらしさだ。自然のいやらしさだ。だが、その丘以外におれの目標はないのだ。しかも頂上に達するまでには、まだ数時間はかかりそうだった。砂に足がめりこみ、おれは何度も何度も俯せに倒れた。

やわらかく、きめ細かく、そして常に熱気をはなち続けているその黄金色の砂の丘を登っているうち、おれには丘全体が巨大な女の乳房であるかのように思えてきた。砂漠全体が女の肉体であるかのようにも思えてきた。おれにそんな錯覚を起こさせる自然の気まぐれは、あきらかにおれに対する挑発だった。おれはそれが無駄だと知りながら、そ知らぬふりをしてやれと思った。それがおれにできる、唯一の復讐だ。

陽はまた昇り陽はふたたびおれを照りつけ、それはおれの身体から水分の最後の一滴までをも吸いあげようとたくらんでいた。

「もう、いかん」

おれは、あと二、三歩で砂丘の頂きというところまで来てから、熱っぽい傾斜の上に倒れ伏した。もう力は使い果していた。

砂に半分埋まって、そこに骸骨があった。人間の骸骨だった。それを見たとたん、おれは生きる望みを失った。たちまち意識が遠のいていった。

「もしもし。しっかりしなさいあなた。まだ生きていますか」

誰かがおれを揺り動かしながら、英語でそういっていた。

かすかに眼をあけると、黒い顔が、仰向けにされたおれの顔の上に覆い被さっていた。ぶ厚いピンクの唇が、閉じたり開いたりしていた。

おれは呻いた。英語は人並みに喋れるのだが、声が出なかった。出たとしても、とても横に喋れるような気分ではなかった。猫のように咽喉をごろごろいわせ、しばらく唇を舐め続けてから、おれはその黒人にいった。「水をくれ」

黒人はうなずき、おれの腕をとって肩にかけ、おれを立ちあがらせてくれた。そのまま二、三歩あるくと砂丘の頂きに出た。

すぐ目の下には、幅の広いハイウェイが砂漠のまん中を走っていた。ハイウェイに沿って一軒のガソリン・スタンドがあった。おれを助けてくれた黒人は、サービスマンの作業服を着ていた。

「なんてことだ」と、おれはつぶやいた。「もう二、三歩、あるけばよかったのだ」

黒人はにやりと笑っておれにいった。「ここで力尽きて倒れた人間は、あんただけじゃないよ。その骸骨もそうなんだ。この砂漠で迷った人間は、ほとんどこの丘を目ざしてやってきて、たいていは丘を登るのに全力を出しきってしまう。そして、このハイウェイを見ずに息をひきとる。おれはちょいちょいこの丘に登って、あんたみたいな遭難者を見つけては助けている。あんたで五人めさ。中にはこの骸骨みたいに、運悪くおれが仕事にいそがしくしている時にやってきて、見つけてもらう前にあわただしく死んでしまう奴もいるがね」

丘を降り、サービス・ステーションに入り、サービスマンから恵んでもらったコーラを飲みながらおれはいった。「ここはいったいどこだ」

「アフリカだよ。これはヌビア砂漠だ。このハイウェイをまっすぐ行くとナイル河に出る」

「英語がうまいな」

「以前ここはイギリス統治領だったからね。今はスーダンという共和国だ」

「このハイウェイは、ぜんぜん車が走らないな」

「いつもはひっきりなしに走っているんだが」と、彼はいった。「昨日の昼ごろに例の異変が起こってからこっち、車はほとんど走っていないよ」

「異変だって」おれは黒い顔を凝視した。「どんな異変だ」

「知らなかったのか。最後にこのスタンドに立ち寄った客に聞きたところでは、空間的、時間的混乱といっていた」

「ではあれは、世界的現象か」おれは嘆息した。「実はおれも、異変が起こったためにこの砂漠に投げ出されたんだ」おれは彼に、今までのことを話した。

彼は目を丸くした。「日本からやってきたのか」

「そうだ。日本じゃ昨夜から起こったらしい。ところでこのあたりに、日本へ帰れる抜け道はないか」

「日本か。日本はないな」彼は部屋の中を見まわした。「そのトイレットの向こうは北極だ。ドアを開けっぱなしにしておくと涼しくていいぞ。白熊が入ってくるといけないので、今は閉めてあるがね。それから、この建物の裏の物置きの、床下百メートルをスエズ運河が通っている。床板をめくると、百年ほど前のスタイルをした木造帆船が見えるよ、それから、あんたの横の冷蔵庫は……」

「これもどこかに通じているのか」おれは冷蔵庫を開けようとした。

「開けちゃいかん」彼はあわてて、おれを押しとどめた。「そこは宇宙空間だ。真空だから、こっちの空気といっしょにひきずり込まれてしまうぞ」

「女房に電話をしたい」と、おれはいった。「心配してるだろうからな。どこかに長距離電話のかけられるところはないか」

「そのロッカーは、ワシントンに通じている」と、彼はいった。「ホワイトハウスの風呂場に出るんだ」

「そこへ行こう」おれは立ちあがった。「大統領に泣きつけば、日本までの旅費を何とかしてくれるかもしれん」

ロッカーのドアをあけ、おれはサービスマンをふり返った。「助かったよ。命の恩人だ。せめて名前を教えてくれ」

「馬鹿だな」彼はかぶりを振った。「世の中がこんな有様じゃ、おれだってあんただって、明日の命もわからないよ」

「じゃあ、せめてこのパンティを受けとってくれ」と、おれはいった。「十二、三ドルはするぜ」

「きれいだな」彼はパンティを受けとった。「頂いておこう。今夜から穿いて寝よう。じゃあ、気をつけて行きな」

「ありがとう」

ロッカーのドアをしめると、まっ暗になった。おれは手さぐりで、どんどん奥へ進んだ。あの黒人のサービスマンがいった通り、ホワイトハウスの風呂場へ出るかもしれない。しかし、別のところへ出るかもしれなかった。もう、こうなってくると、何も信じることはできない。しかし、どこへ出たっていいではないか——おれはすでに、そんな気持になっていた。これは自暴自棄《やけっぱち》だろうか。いや、やけではない。どこへ出たところで、そこはおれにとって未来だ。そして未来なんてものを知ってる奴はどこにもいないのだ。しっかりした足どりの堂々たる人生なんてものはあり得ない。誰だって今のおれ同様、手さぐり足さぐりなのである。もちろん未来に夢を持つことはその人間の勝手だが、未来を信じてしあわせで、明るく楽しく生きているなんて奴はぶちまけて言ってしまえば本当はアホなのである。それに気がついたおれは、今はじめてアホでなくなったわけだ。

十メートルほどで、ドアらしいものに突きあたった。その表面を手でなでまわしていると、ひんやりした把手にさわった。おれはドアを押しあけた。

サービスマンのいった通り、そこは明るいバスルームだった。そこには赤いポロシャツ姿の米大統領がいた。時間的に違うところへ出るんじゃないかと思っていたのだが、少なくともその大統領は現在の大統領だった。彼は折りたたみ式の椅子にかけ、バスタブの中へ釣り糸を垂らしていた。

「君は誰だ」彼は冷ややかにおれを見て、釣り竿を握ったままそう訊ねた。「例の異変の被害者かね」

「そうです」おれは目を丸くしたままでうなずいた。「ところで、そんなところで何が釣れるんですか」

「いろんなものが釣れる。面白いぞ。さっきはピラニヤを釣った」

彼は傍らのバケツを顎で示した。覗きこむと、獰猛な面つきのピラニヤが一匹、牙をむき出して泳いでいた。

「浴槽の底がアマゾン川に通じているんでしょうか」

「そうかもしれんな」大統領はさほど面白くもなさそうに、唸るような声でそう答えた。

「あなた。いつまでお風呂にいるの。さっきから電話が鳴りどおしよ」大統領夫人のらしい、かん高い声が聞こえてきた。

「ふん」大統領は鼻を鳴らし、舌打ちをした。「マクバードめ」

彼はうなずきながらおれを見ていった。「こんな気ちがいじみたことが起こったんじゃ、いかにわしでも、どうすることもできん。こういう時は、のんびり魚釣りでもしているに越したことはない。ところが妻《バード》や幕僚幹部どもには、それがわからんらしい。やいのやいのとわしを責め立ておる。わしを責めていったいどうなるというんじゃ。馬鹿者どもめが」

「まったくです」と、おれはいった。「ところで大統領、何か大きな魚がひっかかったようですが」

大統領はあわててリールを巻きはじめた。ほどなく浴槽の表面が泡立ち、やがて鼻息荒く巨大なワニがぬっと顔を出した。

「ワニだ」大統領は竿を投げ出した。「逃げろ」

おれと大統領は、あわてふためいてバスルームをとび出した。背後で、浴槽からワニの這いあがってくる大きな水音がした。おれたちは恐ろしさのあまり、ひいひい悲鳴をあげながら廊下を逃げた。前を走っていく大統領の長身が、今にもひっくり返りそうに何度もよろめいた。

おれは右側の部屋にとびこみ、ドアを閉めた。見まわすとその部屋は大統領の執務室らしく、中央に大きな机が置かれている。数台の電話があり、その中には有名な「GO」の赤電話もあった。

ドアに鍵をかけ、おれはデスクに寄って受話器をとり、家への長距離電話を申し込んだ。しばらく待つうちに、若い男の声が響いてきた。

「もしもし。こちら福原ですが」

福原だというところをみると、おれの家らしい。だが、おれの家に若い男がいるはずはない。怪訝に思いながらおれは訊ねた。「そこに、女房がいますか」

「わたしには、女房はありません」と、男は答えた。

「いや。あなたに女房があろうとなかろうと、わたしの知ったことではありません。そこにわたしの女房がいるはずなんですが」

「わたしは独身ですよ。あなたが誰か知りませんが、あなたの女房がここにいるはずはないでしょう」

「あなたが独身なのも、あなたの勝手です。女房がいないとすると、あなたはそこでいったい、ひとりで何やってるんですか」

「何をしていようとわたしの勝手でしょう」

「冗談じゃない。勝手にひとの家へ入りこんで勝手なことをされては困ります」

「何をいうんですか。ここはわたしの家です」

「でも、あなたは今、福原ですといったじゃないですか」

「そうです。こちら福原です」

「では、わたしの家だ」

「そうです。わたしの家です」

「わたしが福原なんですよ」

「そうですとも。わたし福原です」

「その福原が、自分の家だといっているんです。これほど確実なことはないでしょう」

「あたり前です」

「ところで、あなたはどなたですか」

「何度言わせるんです。福原です」

「それはわたしです」

「そうです。わたし福原です。あなたは誰ですか。だしぬけに変な電話はつつしんでください」

「自分の家に自分が電話するのが変ですか」

「ちっとも変じゃないです。ところで、こちらは福原というんですが」

「ええ。こちらは福原ですが、あなた誰ですか」

わけのわからぬ問答をくり返していると、さっきおれが入ってきたのとは反対側の壁のドアをあけ、大統領が駈けこんできた。

「バード。猟銃を持ってこい」

彼はそう叫びながらおれの眼の前を横ぎって、さっきおれが入ってきた右側のドアから出ていった。

「いったいあなた、福原何とおっしゃるんですか」と、若い男の声が訊ねた。

「福原昭彦です」と、おれは答えた。

「馬鹿な。それはわたしのおじいさんの名前だ」

右側のドアの向こうで、大統領夫人のらしい悲鳴が聞こえた。

「あなた」

「バード」

続いて銃声が轟いた。

「あなた」

右側のドアが開き、絶叫し続けながら、スカートの裾をぼろぼろにした大統領夫人が左側のドアへと駈け抜けていった。そのあとを追って、スカートの布地の切れっぱしを口にくわえたワニが、すごい勢いで通り抜けて行った。

「バード」

さらにそのあとから、ライフルを持った大統領がすっとんでいった。

やがて左側のドアの向こうで、銃声が響いた。

「あなたの奥さんは、なんというお名前ですか」と、急に丁寧になった若い男の声が訊ねた。

「すみ江だ」と、おれは答えた。

「信じられない。それは祖母の名前です」

場所は同じおれの家だが、時間的に違うところへかかってしまったらしい。

「いったいそっちは」おれは胸をどきどきさせながら訊ねた。「つまり、君のいる時間は西暦何年かね」

「二〇一五年です」

「こっちは一九六七年だ。この電話は時間的に混線しているらしいな」

「あなたがほんとうにわたしのおじいさんだとすれば、そういうことになりますね。二〇一五年の現在では、電話線は非常に複雑になっているし、その全長は地球―太陽間を往復するくらいだそうです。それが全部絡みあい連なっているとすると、位相幾何学的な時間断層の効果やなんかも出てくるわけで、こんなおかしなことも起こり得るわけです」

「ところが、それだけじゃない」と、おれはいった。「こっちじゃ、空間的にも大混乱が起こっている。家が海岸へ引っ越すし、二階はとぶし、タンスの引き出しの中が砂漠で、風呂からワニが出た」

「思いあたることがあります。ちょっとそのままで、待っていてくれませんか」

「あなた」

左側のドアから大統領夫人が駈け出てきて、右側のドアへかけこんだ。そのあとから、ワニが走っていった。

「バード」

続いて大統領が、ライフルをぽんぽんぶっぱなしながら駈け抜けていった。さらにそのあとから、どこから出てきたのか数人のベトコンが、どたどたと走り抜けていった。彼らのあとを追って、ふたりの米兵が拳銃を撃ちまくりながら右側の部屋へかけこんでいった。

銃弾が当って床へ落ちた大きな柱時計が、リンドン・リンドンと鳴りはじめた。

「お待たせしました」若い男——おれの孫だという人物が電話口に戻ってきて喋り出した。「やはり思ったとおり日本近代史の教科書に、その事件のことは載っています。でも心配はいりません。その異変は約一日半で終り、その後世界は正常に戻ったと書いてありますから」

「いったい原因は何だ。原因はその教科書に書いてないのか」

「書いてありますが、高校時代に習った本なので、今読み返してもむずかしくて……」

「かまわん。概略を教えてくれ」

「一九六七年には、アラブ連合とイスラエルの戦争がありましたね」

「この間あった。しかし、四日で終ってしまった。史上最も短い戦争だなどと言われている」

「ところが他の次元の宇宙では、終らなかったらしいのです」

「他の次元の宇宙とは何だ」

「ひと口にはいえませんが、われわれの宇宙は、われわれの知覚で体験できるこの宇宙だけでなく、次元を異にした多くの宇宙を持っているのだそうです」

「証明できるのか」

「量子力学と原子構造理論が証明したそうです」

「純粋理論だろ」

「そうです。多元宇宙理論というのだそうです」

「信じられるもんか」

「でも、そう書いてあるんです。宇宙は無限の数だけ、同時に存在しているのだそうです。つまり、想像され得るすべての宇宙が存在するということらしいのです。例えば、アラブ連合とイスラエルの戦争が四日では終らず、もっと続いて次第に大規模になり、アメリカとソ連が参戦し、ついに核戦争が起ったという宇宙もあるわけなのです」

「うそだ」

「本ではそうなっています」

「それでどうしたんだ」

「その核爆発のエネルギーは、隣接する他の宇宙にまで影響をあたえたそうです。われわれの住んでいるこの宇宙も、影響を受けました。つまり、となりの宇宙の核爆発のエネルギーは、反グザイ・ゼロという素粒子を生み出し、質量エネルギーを次元輾轄エネルギー、すなわち

$$E(x,y,z,t) = -\phi \cdot m_0 \{1-(vc^{-1})^2\}^{-1/2} \iiiint_A p\,dx\,dy\,dz\,dt$$

に変え、この宇宙の空間をひずませたり、ベクトル空間の次元を増やしたり減らしたり、トンネル・エフェクトを起こしたり、次元断層を作ったり、時震を起こしたり、時間軸をへし折ったりねじ曲げたりしたのです」

「近所迷惑な話だ」

「まったくです」

また銃声が起こり、右側のドアから大統領がとび出してきた。

「助けてくれ」

彼は悲鳴をあげながら左側の部屋へ逃げていった。大統領を追って、ワニの背中にのったベトコンが続き、そのあとを米兵が追った。いちばん最後に出てきたのは、かんかんになって怒っている大統領夫人で、彼女は電気掃除機の吸塵パイプをふりまわしながら左側の部屋へ駈けこんでいった。

「ところで、おれは何年に死ぬことになっているんだ」と、おれは孫に訊ねた。

「一九八八年。わたしの生まれる前にお亡くなりになりました。享年四十九歳。若死にです」

「安心したよ。ホワイト・ハウスでワニに喰われて死ぬんじゃないんだな」

「何とおっしゃいました」

「いや。何でもない。死因は何だ」

「肺癌です」

「ふん。一日に百本以上タバコを喫うからな」

机の下から大統領が出てきた。「メイドの部屋へ逃げこんだら、こんなところへ出てきたぞ」

おれは彼に訊ねた。「日本へ帰れる抜け道はありませんか」

彼はしばらく考えてからいった。「さっき、そのダスト・シュートの蓋をあけたら、中から日本の百円硬貨がとんで出てきた。ひょっとするとあの底が、日本へ通じているのかもしれんな」

「入ってみます」

おれは電話を切り、部屋の隅のダスト・シュートに近づいてから、大統領をふり返った。

「ご心配なく。この異変はもうすぐ終るそうです」

「何故それがわかったんだ」大統領が半信半疑でそう訊ねた時、壁の埋込み金庫のドアが内側から開いた。

「大変よあなた」中から大統領夫人が首を出していった。「台所がナチの強制収容所になってるらしいの。ドアを開けたらガスが吹き出てきて、中には裸のユダヤ人の若い女がいっぱいいいたわ」

「すぐ行く」大統領は、よろこんで部屋を駈け出ていった。

おれはダスト・シュートの蓋をあけ、真四角のゴミの通路へ身を入れた。はるか下の方には、簀の子のようなものの隙間すき間を通して、細く何条もの陽光が射し込んでいた。ぶら下がり、手をはなすと、おれの身体は垂直に落下した。どこへ出るかわからない。しかし、多少怪我をしてでも早く日本まで帰っておかないと、異変が終ってからでは戻りにくくなる。おれは墜落しながら頭をかかえ、背を丸めた。

どうやら空間と時間の混乱は、空間における上下の区別まで滅茶苦茶にしてしまったらしい。おれは明治神宮の賽銭箱を足で蹴破って、さかさまにとんで出た。

神殿への段をごろごろところがり落ち、石だたみにはげしく横腹を叩きつけ、うんと呻いて悶絶した。だがすぐに、賽銭泥棒とまちがえられ刑務所へぶち込まれた夢を見て、びっくりして眼を醒ました。

周囲を見まわすとまだ朝まだきで、あたりに人影はない。ほんとに泥棒と間違えられてはいけないので、おれは立ちあがり、参道の砂利道を原宿駅の方へ歩き始めた。ここからなら、少し遠いが家まで歩いて戻れる。

ふと神宮内苑の森を見ると、木立の上へにゅっとかま首をもちあげた巨大な中生代の爬虫類——デュプロドックスとかいう全長二十五メートルもある奴が、梢の葉っぱをむさぼり食っていた。大鳥居には始祖鳥が三羽とまっていた。だがそれからは、もう何も変わったことは起こらなかった。家まで無事に戻れたし、二階も戻っていた。

ひどい様子で帰ってきたおれを見て、妻がいろいろと訊ねかけてきたが、おれはろくに返事もせず、すぐベッドにもぐりこみ、そのまま会社を休んで約三十時間眠り続けた。くたくただったのだ。

世の中が常態に復してから、しばらくはテレビも新聞も異変の噂でもちきりだった。いろいろと突拍子もないことが無数に起こったらしい。

代々木競技場の屋内プールへはだしぬけにUボートが浮上するわ、名神高速道路には参覲交代の大名行列があらわれて江戸に向かうわ、伊丹空港へは、まだ二年さきにならなければ開催されるはずのない万国博の見物客を満載した飛行機が続けざまに着陸するわ、某ホテルのビルの壁面が片側一面いきなりかき消えて、一階から十三階までの各部屋の様子がむき出しになるわ、東海道新幹線のひかり号が海の中から九十九里浜へ駈けあがってくるわ、心斎橋のど真ん中から石油が噴出するわ、水道からは小便が出るわ、子供は泣くわ、犬は吠えるわ、いやもうとにかく、てんやわんやの騒ぎだったのだ。これをたんねんに書いていくだけでも優にエンサイクロペディア・ブリタニカを越す厚さと巻数の本ができ、それはどうせベストセラーになるに決っているから作者は印税で七生遊び暮せるのだが、面倒くさい上におれは欲がないからそんな重労働はやらない。

そして一週間たった。おれはまた平凡なサラリーマン生活に戻った。会社で以前と違うところは、異変で気の狂った、あの友人の白井を含め数人の社員が退社したことだけである。

退屈な毎日が、また戻ってきた。それは妻も同感らしかった。

「たまには、あんな変わったことがまた起こってもいいのに」ある夜食事をしながら、妻がおれにそういった。「だいいち便利だったわ。トイレの中が美容室だったのよ」

「それじゃ、小便をどうやってするんだ」

「美容室のトイレを借りたらいいじゃないの」

「ああそうか」

だがおれは、夕刊を見ながら、あんなことはもうご免だと思った。退屈している方がよっぽどいい。夕刊には、中国の核実験の記事が出ていた。こんどのは数メガトンの核弾頭つきミサイルで、すごく汚い爆弾だと書いてあった。こんなものを日本めがけて誤射されてはたまらない。だが、隣接するどこかの宇宙では、本当にそんなことだって起こっているかもしれないな——そう思った。

「あああ。退屈ねえ。何かいいことないかしらん」妻がそういって、大きなあくびをした。

ふと眼をあげ、おれはぞっとしてふるえあがった。「また始まったぞ」

彼女の大きく開いた口腔の奥——その彼方に見えたものは夜空だった。そしてそこには光りまたたく一千億の星くずが——。

慶安大変記

　おれの家の隣りに、大きな予備校ができた。『慶安予備校』という予備校で、鉄筋コンクリート八階建、建築面積千五百八十平方メートルという馬鹿でかい予備校だ。

　どうも、いやな感じである。なぜかというとおれは来年大学受験を控えていて、日夜受験勉強にイソしんでいる身だからだ。道の前方を黒猫が横切っただけでも不吉感を覚えるほど神経質になっている今日このごろである。まして家の隣りに、さあこっちへいらっしゃいと手招きせんばかりにでかい予備校ができて、朝、昼、夕方、夜と、四部制の授業のために一日中生徒がぞろりぞろり、家の前をひっきりなしに行ったりきたりするのでは、おれでなくとも頭にくるだろう。話によれば、この予備校の学生数は十万人だそうである。静かな美しい高級住宅地だった町は、不作法な浪人どものためにすっかり殺風景になってしまった。

　だが、おれがそれをいうと、おれの姉は怒る。おれの姉は由井雪子といって、今年大学の受験に落ち、今、隣りの予備校へ通っているのだ。

「あんただって、どうせ来年はお隣りのご厄介になるんじゃないの。えらそうに文句いえた義理ですか」

そんなむちゃくちゃを言うのだ。自分が落第したものだから、おれも落第するとはじめから決めてかかっている。

「だいいち便利でいいじゃないの。電車に乗らなくてもすむし、お弁当を持っていかなくてもすむし」

そういえばたしかにそうだが、いくら便利でも、とにかくおれは予備校なんかへ行く気は毛頭ないのだからしかたがない。おれは姉と違って頭がいいのだから、大学へは一度で合格するに決っている。いや、必ず合格する、して見せる。おれの頭のよさは親父に似たのだ。おれの親父というのは一級建築士で、しかも工学博士で、おまけに大学の講師である。姉が低能なのは、きっと死んだ母親に似たのだろう。

もっとも、姉にだっていいところはある。美人なのだ。弟のおれの目から見てさえ、超一流の美人である。ところが悪いことには、美人というのはだいたいにおいて頭が悪い。自分が馬鹿なのだということにも気がつかないほどの馬鹿が多い。姉もその例に洩れず、自分が落第したのは運が悪かったからだと思っている。女なのだから、無理して大学なんかへ行こうと思わず、ファッションモデルにでもなっておけば家計の足しになったのにと思うのだが、そこは女の浅墓さプラスこけの一念、大学入学以外のことには頭がまわらないらしいのだ。

　母親がいなくて、ひとつ違いの姉と弟、そして姉は美人で——となると、最近の人間は気が早いからすぐに近親相姦とか、そういった類いのよからぬ現象を連想するが、おれはそんなこと考えたこともない。もっとも、おれが姉に挑みかかったところで、すぐ投げとばされて庭石か何かで頭の鉢を割ってしまうにきまっている。姉は気が強い上に、護身術などという余計なものを心得ているのだ。

　まあ、そんなことはどうでもいい、とにかくおれは、女が大学へ行ったって、どうってことはないのにと思うのだ。男が行くのは就職のためだから、これはしかたがない。いい大学を出れば、いい会社に就職できるのだから。

　だが、親父はそう思っていないようである。

「大学へは、就職のために行くんじゃないぞ。勉強しに行くのだ」

　そう言うのである。だが、これはまちがっていると思う。昔の大学ならともかく、今の大学というところは、とてもじゃないが落ちついて勉強できるようなところじゃない。すごいマスプロなのだ。

今の大学生は、いい就職をするために、政治力があってマスコミに顔の売れた教授の下に集まる。ゼミなどは満員だ。だが、その反面、象牙の塔的学究肌の教授の下には、学生がひとりも集まらない。教室にはクモの巣がはっている。売れっ子教授の方は、やれテレビだ、やれ新聞だ、やれ週刊誌の対談だ、やれ月刊誌の座談会だと大いそがしで、こっちの方は研究室にクモの巣がはっていて、学生はほったらかしだ。現にこの間も、某有名教授が、テレビの対談番組でこんな放言をした。

「無能な教授の下には学生が集まらないのですから、私どもの教室がマスプロになるのは当然です」

この時は喧々囂々《ごうごう》の大さわぎになった。

では学生はどうやって勉強するかというと、これは有名教授によってプログラミングされたティーチング・マシンで勉強する。教室に据えられた機械によって講義を受けるのだ。有名でない教授は、機械が故障した時だけ代講をやる。その間売れっ子教授の方は、テレビでティーチング・マシンのコマーシャルをやり、ひどい時にはコマーシャル・ソングなどを歌ったりしているのだ。

そんな大学など、行ってもつまらないだろうとは思うのだが、さっきも言ったように、やはり就職のためとあらば、しかたがないではないか。

おれはちょいちょい、おれの第一志望の徳川大学へ遊びに行く。ただ漫然と行くのではない。先輩の、松平伊豆夫というおかしな名前の男がこの大学にいて、おれは彼に会いに行く。そしていろいろ参考になること——つまり、入学試験の準備だとか、心構えだとか、まあそういったようなことを聞いて帰ってくるのだ。入学試験ならおれの姉だって彼といっしょに受けたわけだが、落第生から経験を聞いたところでしかたがない。やっぱり合格した人間から教えてもらった方が、聞く方も身がはいる。

その日もおれは、徳川大学に出かけた。

彼は射撃部にいるので、大学の裏にある広い射撃場へ行って見た。的に向かってぱんぱんとライフルをぶっぱなしていた彼は、おれが声をかけると振り向いて、やあと手をあげた。その手にはライフルが握られている。自慢なのだろう。浅黒い皮膚、白い歯、明るいひとみ、美男子である。

おれたちは大学の喫茶室で、いろいろと話しあった。

「授業なんて、ぜんぜん面白くないよ」と松平伊豆夫はおれにいった。「君も入学したら、きっと失望する」

「二カ月前に全学連が、マスプロ廃止のプラカードをかかげてデモをやりましたね。あの効果は、ぜんぜんなかったんですか」と、おれはたずねた。

「なかった」伊豆夫はかぶりを振った。「警察機動隊が出動して、三名の死者を出して、テレビや新聞が大さわぎして、さわぎが静まると、またもと通りのマスプロだ」彼は嘆息した。

「ところで、あのう、受験のことですが」おれは身をのり出した。「英語は、どの程度やっとけばいいんでしょう」

「あまり、やらなくてもいいな」伊豆夫は投げやりにそう言った。「睡眠教育テープができてから、語学などの暗記ものの授業内容は、だいぶ変ってきているからね。おまけに最近じゃ、自動翻訳機とか、自動通訳機が改良されて、人間はいらないそうだ。今年——つまり昭和五十二年度の文学部卒業生の就職率なんか、一パーセントを割ってるんだぜ、この大学でも今、外国語教授を大量にクビにするかどうかで大さわぎだ。まあ、そんなことはどうでもいい」こんどは伊豆夫が、おれの方へ身をのり出してきた。「ところで、最近姉さんはどうしてる。元気かい」

「ええ。まあね」おれはことばを濁した。

この松平伊豆夫と、姉の由井雪子のことでは、ちょっとしたいきさつがあるのだ。

伊豆夫はおれの姉と、同じ高校の同級生だった。伊豆夫はそれ以前からずっと、姉が好きだったらしい。ところがここに、やはり同級生で丸橋忠夫という男がいて、この男も姉が好きで——まあ、手っとり早くいえば三角関係である。

男ふたりはどちらも、将来姉と結婚するつもりでいたというのだから、高校生というのに気の早い話だ。ある日、松平伊豆夫と丸橋忠夫は姉に、おれたちのどっちを選ぶつもりか早く決めろ、こっちにも都合があるといって詰め寄ったそうだ。姉は言いのがれに困って、よせばいいのに、それじゃあ大学に合格した方にすると言ったらしい。

さていよいよ試験の日になり、伊豆夫と忠夫と姉の雪子は、三人そろって徳川大学を受けた。ところがパスしたのは伊豆夫だけで、姉と忠夫は落第してしまった。こうなると姉は負けず嫌いだから、どうしても伊豆夫に対してあまりいい感情は抱かない。それに予備校では毎日、忠夫と顔をあわすものだから、しぜんにそっちの方へ接近して仲よくなる。

それじゃ約束がちがうといって伊豆夫は怒ったが、すでに姉の心が忠夫に傾いているのに、昔の口約束を持ち出してみたってどうにもならない。女の心は理屈ぐらいでは動くものではなかった。その時は口惜し涙をのんで引きさがったが、今でもまだ姉のことを思いきれない様子である。他に可愛い女の子がいくらでもいるというのに、妙なところで義理固い男だ。

喫茶室で伊豆夫と話しているうちに、おれはふと、いたずらっ気を起した。退屈のなせる業であって、その時はまさか、あとでそんなとてつもない大騒ぎになるなどとは夢にも思わなかった。ただ、もうちょっとだけ、ごたごたを大きくしてやれと思っただけなのである。

「姉きは近ごろ、ますます丸橋さんと仲がいいようですよ」と、おれは心配そうな表情を作って言ってやった。

「ほう」伊豆夫の眼は、ぎらりと光った。

「いつも予備校の帰りに、ふたりで家へ来て、何かこそこそ、仲良さそうに話しています。姉きの部屋へ入って、くすくす笑ったりなんかしています。あれは困るなあ。気になって勉強ができない」

「そうかい」何気ない口調だが、彼の指はこまかく動いている。つまりふるえている。嫉妬である。

おれは以前から、こういうことをするのが大好きである。今さっき、君の好きなあの人が他に誰もいない音楽教室の隅っこで、誰それ君と仲良さそうに話していたよと告げ口をしてやるのである。たいていの奴はそれを聞くと、激しい嫉妬と裏切られた衝撃で頬をこわばらせる。だがそれを言葉に出そうとはしない。ああ、あんな奴のことは何とも思っちゃいないとか何とかいって、笑って胡麻化そうとする。だがその時彼のはらわたは、実は煮えくり返っているのである。その証拠に、それからはどんな話をもちかけてやっても上の空だ。それを横眼で見ているのはまことに面白い。そんなことをしたりされたりした経験は、きっと誰にでもあると思うのだが。

「そうそう。おかしな話をしていたなあ」おれはさらに、とぼけた調子でいった。「なんでも、予備校の連中を煽動して、大学へあばれこませてやるとか何とか」

「まさか」苦笑しながらも、伊豆夫の眼はまた、きらりと光った。

「だって、やりかねませんよ」と、おれはいった。「浪人というのはだいたい、古今東西を通じて血に餓えているんです。ことに最近は浪人がすごい勢いで増えています。予備校はどんどん膨張しているし、群小の予備校は合併されるし、地方じゃ駅弁予備校が増加しているし、有名予備校などは大学なみの入学難です。幼稚園の予備校まであります」

「そういえばこの間も」伊豆夫は少し心配そうな表情でいった。「予備校生二十五万人が文部省へデモをしかけたな。予備校の大学昇格を叫んで」

「そうです」おれは、ここぞとばかりうなずいて見せた。「あの時は暴動みたいになって、数百人の死傷者が出ました。予備校の連中は気が立っているんです。ほんとに大学へあばれこむかもしれません。奴らにとっては、大学生はいわば敵なんですからね」

「そうなればこっちも、ライフルで戦うかな」伊豆夫は冗談めかしてそう言い、太い腕をなでた。汗の匂いが、ぷんとした。

帰り道で、おれはふと考えた。

――予備校生と大学生の両方をたきつけて喧嘩させてやったら面白いだろうなあ。怪我人や死者がわんさと出て、警察へ連れて行かれる奴も続出するだろう。そうなると、おれとしては受験の際の敵が減るばかりでなく、大学にも入りやすくなるという寸法だ。学生数が減れば大学だって、募集学生数を増やすだろうから――。

今朝勉強した日本史の一節――『慶安の変』の部分を、おれは思い出し、暗記してみた。

「一六五一年（慶安四年）三代将軍家光が死に、家綱が幼少で将軍になったのを機とし、由井正雪は丸橋忠弥とはかり、紀伊藩主徳川頼宣の名をかたって浪人を集め、幕府を倒そうとした。しかしこれが発覚し、七月二十三日忠弥が江戸で捕えられ、二十六日正雪も駿府で幕府に襲われて自殺した。この事件は、社会の秩序が整い、身分が固定して、浪人が立身出世する余地のなくなってきたことへの、不満のあらわれと考えられている」

――よし、この手で行こう――おれはそう思った。日本史の知識も、たまには役に立つことがある。

家に帰ってくると、丸橋忠夫が来ていた。親父は地方の工事現場へ一週間の予定で出張中だから、彼は大っぴらに応接室のソファで姉といやらしく身体をくっつけ、何かこそこそと話しあっていた。姉のミニスカートは、ヘソ下二十センチにまでまくれあがっている。

おれはさっそく、ふたりをけしかけてみることにした。

「今、徳川大学へ行って、松平さんに会ってきたよ」

丸橋忠夫が、やせて蒼白い顔をあげ、縁なし眼鏡の奥の細い目をきらりと光らせた。

「ほう。彼、何か言っていなかったかい」

「あんたを殺してやると言ってたよ」

「嘘つきなさい」姉がびっくりして、おれを眺めた。恰好のよい唇に塗った口紅が、まだらになっていた。

「本当なんだ」おれはふたりの前の肘掛椅子に腰をおろした。「ライフルの練習をしているのは、実は復讐のためらしいんだ」

「まあ」姉の顔はさっと蒼ざめ、きりきりと眉があがり、かりかりと頰がこわばった。

「そればかりじゃない」おれはいい気になって身をのり出し、喋り続けた。「大学の連中が予備校の生徒に持っている悪意は、すごいよ。あんな頭の悪い連中に大学へ入ってこられては、学生の質が低下する。だから、いつか射撃部や柔道部や、弓道部や空手部などで大挙して予備校へあばれこもうかといって、相談していたよ。予備校の方でも、対策をねっておいた方がいいんじゃないでしょうか」

「まさか、そんなことはするまいが」

だが、そういった丸橋忠夫の指さきは、怒りでぶるぶる顫えていた。

「大学生はみんな、予備校生を賤民だと言ってます」

姉と忠夫は、顔色を変えて立ちあがった。

「ぼくが言ったんじゃないよ」おれはあわてて自分の部屋へ入りながらいった。「大学生が言ったんだ」

ふたりは、それからしばらくして家を出て行った。あれは仲間たちと相談するために、予備校へ行ったんだ、そうに違いない——おれはそう思った。

次の日の朝刊には、さっそくこんな記事が出た。


『大学生、予備校生に乱暴。

口論からケンカ、五人重傷』

内容を簡単にいうと、こうである。

昨夜十時ごろ町の賑やかな『堀端通り』で、徳大生五人と慶安予備校生四人がすれちがった。徳大生というのは空手部の連中で、だいぶ酒を飲んでいたらしい。ささいな口論からとうとうなぐりあいが始まった。予備校生は横のバーの裏口においてあったビール瓶で応戦、頭蓋骨を凹ませたり手足の骨を砕いたりして、大学生ふたりと予備校生三人が大怪我、残りの者もみんな警察へつれていかれたというのである。

これははたして、おれの作戦の成果なのだろうか——おれは首をひねった。姉は昨夜、九時ごろ帰宅している。しかし、だからといって、この事件に関係がないと断定するわけにもいくまい。

姉はまだ寝ていたので、おれはそのまま登校した。

夕方家に戻り、夕刊をひろげると、さらに大きく、こんな記事が出ていた。


『予備校生50人、大学へ乱入、あばれる。

重軽傷82名。昨夜の仕返しか』

きょうの昼過ぎ、慶安予備校生約五十人が手に手にピッケル、チェーン、ナタ、皮ベルト、ジャックナイフ、肥後守、T型定木などを振りかざして徳川大学の構内に乱入、空手部の部室を襲撃した。こんなこともあろうかと準備していた空手部では、剣道部、弓道部、相撲部、柔道部、射撃部、ラグビー部、ボクシング部、レスリング部などの部員に応援をもとめ、ライフル十数挺や弓などの飛び道具で応戦、双方に多数の怪我人を出した。警官隊がやってきた時は、予備校生は重傷者を残して、みんな現場から引きあげたあとだったという。

もう間違いない——と、おれは思った——おれの作戦が図に当り、双方が動き出したのだ。それにしても、こんなに早くおれの思いどおりになるとは思っていなかったので、あきれながら新聞を読んでいると、姉が、負傷した予備校生六人をつれて家に帰ってきた。

「かくまってあげるのよ。警察に追われてるの」

六人のうち、かすり傷のふたりは姉を手伝い、重傷の四人を応接室へ寝かせて手当てを始めた。見ると足の骨を折った奴がふたり、ライフルの弾丸で耳をなくした奴ひとり、最後のひとりなどは、尻に深く矢を突き立てたままである。

おれはびっくりした。「医者を呼ばなくていいのか」

「いいのよ。あとで丸橋さんが来てくれるから」

丸橋忠夫の家は外科医院だが、忠夫に手術なんかできるわけがない。だがおれは黙っていることにした。

夜になり、雨が降ってきた。

八時ごろ、レインコートをばっさり頭から羽織った丸橋忠夫が、人眼しのんでやってきたのをきっかけに、続々と同志たちが集まってきた。

「きっと奴らは、仕返しにやってくる」さっそく応接室で作戦会議が始まり、丸橋忠夫はそういった。「こっちにだって武器はある。父親が警官で、拳銃を盗んで来れる奴が五人、家にライフルのある奴六人、空気銃なら十八人もいる。免許証を持った奴が今、銃砲店へ弾丸を大量に仕入れに行っている」

「パパのアメリカ土産のワルサーP38があるわ」姉が浮きうきした調子でそういった。

「隠してあるところ、わたし知ってるのよ」

「その他にも、手製の手榴弾が作れる」忠夫は喋り続けた。「高校の化学実験室からピクリン酸と強綿火薬を持ってくる。土木工事の現場からTNTを盗んでくる奴もいる。それを使い古しのカミソリの刃や古釘といっしょに、ボーリングのピンの中へぎっしり詰めこめばいい。同じものをボーリングのボールの中へ詰めてから発射すれば大砲にもなる」

おれはたまげた。これでは戦争だ。

松平伊豆夫の方は、どんなぐあいだろう――おれは気になったので、そっと家から抜け出し、雨の中を二町ほど離れた伊豆夫の家へ偵察に出かけた。

アメリカのダシェル・ハメットという作家が書いた『血の収穫』というハードボイルド小説を、おれは思い出した。

こんな話だ。

ポイズンビルというおかしな名前の町があった。ギャングの巣喰う腐敗しきった町である。ギャングは二派に分れていて、毎日のように争っていた。市長も警察署長も、その他の町の実力者はみんな、どちらかのギャングとぐるになっていて、町全体が二派に分れていがみあっていた。

そこへコンチネンタル・オプという男がやってきて、いがみあいをさらに煽りたてる。派手な撃ちあいをやらせ、ついには自らの手を加えずに、ひとり残らず悪人どもを全滅させてしまうのである。

――この手で行こう――そう思った。推理小説から得た知識も、たまには役に立つことがある。

だが、事態はすでにおれが手を加えることを必要とせず、どえらい勢いで坂道をころがり始めていた。

松平伊豆夫の家には、大学運動各部のキャプテンが集まって攻撃案を練っていた。おれはさっそく彼らに、予備校軍の様子をできるだけ大袈裟に教えてやった。彼らはびっくりした。

「ではこっちは、機関銃を作ろう」と、伊豆夫はみんなに言った。「ライフルを改造してドラムをつけよう。洗濯機の搾りハンドルをつけて、手まわし機関銃にすればいい。それからベトコン式に、水道管でバズーカ砲を作ろう。自動車部の奴にやらせて、車を装甲車に改造しよう。航空部の奴には、空から爆撃させよう」

いよいよすごいことになってきたので、おれは恐怖のあまり充血した眼球をとび出させ、口をあけてぜいぜいあえぎながら家に帰ってきた。予備校の連中は、まだ話しあっていた。

「どこへ行ってたの」と、姉が鋭い声で訊ねた。

「松平さんの家へ、偵察に行ってきたよ」

丸橋忠夫がきっとなって顔をあげた。「どんな様子だった。あっちの武器はなんだ」

「飛行機がやってきます」おれはふるえながらそういった。「爆弾投下をやるそうです。戦車も出ます」

皆がいっせいに胴ぶるいをした。怖がっているのではなく、どうやら武者ぶるいらしい。

蒼い顔でうつむいていた丸橋忠夫が、腕組みをといて顔をあげた。

「水爆を作ろう」眼つきが変っていた。「高校の生物教室にウランの鉱石がある。あれを持ってこい」

「水爆は無理だよ」と、ひとりが言った。「原子炉がない」

「では細菌爆弾だ」丸橋忠夫の眼は、赤く充血していた。「ウィルス、リケッチャー。病院にはつつがむし病の病原体がある」

「やめてください」おれは瘧《おこ》りのように痙攣した。「近所迷惑です」

「そうよ。あれはジュネーブ会議で禁止されてるわ」

「毒ガスにしよう」と、忠夫はいった。「クロルピクリンだ。いや、窒素イペリットを作ろう」

おれは部屋に戻って寝ることにした。これ以上彼らの話を聞いていては、心臓に悪い。

次の日は日曜日だった。

昨夜なかなか眠れず、疲れきっていたおれは、昼過ぎになり、家のまわりがやけにやかましいので、やっと眼を醒ました。

軍馬の嘶きと蹄の音、拳銃をぶっぱなすぽんぽんという音が聞こえ、それにまじって悲鳴や怒鳴り声、ついには機関銃の断続音や、大砲をぶっぱなす音まで聞こえてきたので、おれはあわててとび起きた。

窓をあけて外を見ると、おれの家の前の車道を、馬にまたがって竹槍を小脇にかかえた馬術部の学生が数人、予備校の方へ駈けて行った。あたりは野次馬と警官でごった返している。警官は七、八人しかいず、この事態を収拾しようとして、汗だくで走りまわっていた。彼らはわめきちらしていた。

「やめろ。やめんか。すぐやめなさい。やめないと逮捕する。お前も逮捕する。お前も逮捕する。今する。こっちへ来てはいけません。こっちへ来てはいけない。こら。ポリコとはなんだポリコとは」

不恰好な装甲車がやってきて、警官を追いかけ始めた。警官はたまげて逃げまわった。

窓から身をのり出して隣りの予備校の方を見ると、予備校のビルの六、七、八階の窓と屋上から、予備校生が手製の大砲を車道に向けてどかん、どかんと、のべつまくなしに撃ちまくっているのが見えた。

予備校の向かい側の歩道では、徳川大学の学生たちが、ある者はライフル、ある者は機関銃をかかえ、菓子屋の陳列ケースや洋品店のマネキンや、喫茶店の立て行灯を盾にして、ビルに向かって応戦していた。弓に矢をつがえて射ているのは弓道部の連中だ。ビルの屋上にいた予備校生のひとりがノドを矢に射抜かれ、ぎゃっと叫んでのけぞると、そのまま歩道めがけてまっすぐ落下した。舗道上に脳漿がとび散り、片方の眼球がおれの見ている窓の下まで転がってきて、恨めしげにこっちを見あげた。

想像した以上の大騒ぎになってしまっているので、おれは驚いた。

あわてて服を着換え、応接室へ出ると、昨夜運び込まれてきた重傷者たちが銃声を聞き、けんめいになって立ちあがろうと焦りながらおれに訊ねた。「予備校は燃えているか」

おれはヴェランダから庭へ出て、大谷石の塀を乗り越え、予備校ビルの一階の裏窓から中に入った。エレベーターが停ってしまっているので、階段を八階まで登った。

予備校生たちは皆、窓ぎわに机や椅子を積みあげて戦っていた。銃声砲声怒鳴る声、かけ声泣き声いきむ声、遠吠え呻吟よいとまけ、そして断末魔の絶叫があたりに満ちていた。女生徒たちは負傷者の手あてをしたり、銃に弾丸をこめたりしている。あたりには死体がごろごろしていた。ほったらかしである。よく見ていると負傷者の看護もお座なりだ。おれ同様、予備校生たちにとっても、仲間がひとり減るということは、競争相手がひとり減ることになるのである。冷淡なのも当然かもしれない。

姉の由井雪子と丸橋忠夫は、部屋の隅に作った作戦本部に陣どり、各階の戦闘員へ次つぎと命令を下していた。連絡係が階段をあがったりおりたりしていた。

おれは窓ぎわに寄り、積みあげた机の間から下を見おろした。向かい側の歩道に面した商店やビルの中には、徳大生が思い思いの恰好で武装してこちらを見あげていた。松平伊豆夫の姿もちらと見えた。あっちの指揮はどうやら彼がとっているらしい。

喫茶店のビーチテントの下から、陸上競技の選手らしい大学生ふたりが車道に走り出てきた。どちらもランニングパンツをはいていて、ひとりは痩せてのっぽで手に投槍を、もうひとりはちびでデブで手に砲丸をもっていた。彼らは車道のまん中で槍と砲丸を、こちらに向かって投げつけた。砲丸はとどかなかったが、槍の方は六階の窓へとびこんだ。

手製の手榴弾——つまりボーリングのピンがのっぽに命中した。不発だったらしく、ピンはのっぽの片眼にくい込んだ。のっぽはぎゃっと叫んでのけぞった。ちびの頭には大砲から発射されたボーリングのボールが当って爆砕した。彼は頭一面に古釘を突き立て、顔中をカミソリの刃でずたずたにし、声も出さずにぶっ倒れた。のっぽは飛び出た白眼のように片眼に白いピンを突き立てたまま、あわててちびを抱き起こし、喫茶店の庇の下に引きずりこんだ。

歩道で機関銃がわめいた。おれが盾にしている机にぷすぷすと穴があき、その横で空気銃を撃っていた生徒がたちまち穴だらけになった。彼は全身から撒水器のように血を吹き出しながら倒れた。もちろん即死である。

爆音が聞こえ、大学航空部の練習機がやってきた。屋上に爆弾を投下しはじめたらしく、建物が揺れ、悲鳴が聞こえた。屋上にいた予備校生たちのちぎれた手足、首、胃袋などが、窓の向こうを下へ落ちていった。

やがて歩道には、警察機動隊のトラックやパトカーが到着した。救急車も二台やってきた。武装警官たちはまず、歩道にいる徳大生を逮捕しはじめた。大学生たちは攻撃目標を警官隊に変えて応戦しようとしたが、催涙弾攻撃を受けて腰くだけになり、数十分ののちには、みんな逮捕されたり逃亡したりして、ひとりもいなくなってしまった。松平伊豆夫も、どうやらうまく逃げ出したようだ。

武装警官隊は、予備校ビルを包囲し、立てこもっている予備校生にマイクで呼びかけた。

「さあ、出てこい。お前たちの喧嘩相手の大学生たちは、すべて逮捕された。もう、ビルの中にいる必要はないのだぞ。出てこい」

「どうしよう」

生き残りの予備校生たちは、丸橋忠夫と姉をとり巻いて相談しはじめた。

「われわれの相手は大学生たちだった。だから警察に反抗するのは、ちょっとおかしいんじゃないだろうか」

「でも、出て行ったら逮捕されちまうわ」と、姉がいった。

「よし。おれが話す」丸橋忠夫は立ちあがり、マイク・メガホン片手に八階の窓から地上へ叫んだ。「この慶安予備校を、大学に昇格させるという文部大臣の誓約書を持ってこい。そしたら出て行ってやる」

「無茶をいうな」下からマイクの声がはね返ってきた。「そんなことはできん」

「では立ち去れ。命令する。解散せよ」

「おとなしく出てこないと、催涙弾を発射するぞ」

「むだな抵抗はやめろ」

「それはこっちのせりふだ」マイクの警官があきれてそう叫んだ。「いうことをきかないと、攻撃にうつるぞ」

「かまわん。やれやれ勝手にやれ。おれたちにはもう、なんの望みもないのだ。浪人のひしめくこの世の中、仕官の道も絶え、もはやゆめもちぼうもなにもない。死んでやるのだ。そうとも。おれたちは死ぬ。すぐ死ぬ今死ぬ」

「かってにしろ」

そして、警察機動隊による猛烈な催涙弾攻撃が始まった。催涙弾はビルの窓からとびこんできて爆発し、おれたちは白っぽい煙の立ちこめる中で咳きこみ、涙を流してむせ返った。

やぶれかぶれの丸橋忠夫が叫んだ。「ようし、こうなればありったけの弾丸を撃ちまくれ。手榴弾をぜんぶ投げろ。撃てうて大砲をうて」

やけくそほど強いものはない。催涙弾をやられたら、たいていの者は戦意を失うのだが、大学へ行けず万年予備校生で終るくらいなら死んだ方がましだと思っている連中ばかりだから、そのしぶとさはその辺のちゃちな犯罪者の比ではない。

ふたたび、すさまじい戦闘が始まった。

催涙弾だけでは効果なしと見てとったか、警察機動隊の方も銃弾を撃ちはじめた。しかし、こうなってくるとこっちの方がビルの上にいるだけぐっと有利である。

警官は次つぎと倒れていった。

やじ馬までが巻きぞえを食い、手榴弾ではらわたをえぐり取られたり、砲弾の爆発で、全身を古釘で総毛立たせたりして、ばたばた倒れた。

この手の話では、たいていこの辺で自衛隊が出動してくることになっていて、案にたがわず、やっぱりここへも自衛隊が出動してきた。戦車、装甲車をくり出す騒ぎである。

彼らは、ホークの砲口をこちらに向けた。

ずびっ！　ずびっ！

ひゅるるるるるるる、ずばあん。

ひゅるるるるるるる、ずばあん。

もう、どうしようもない。相手は局地戦のつもりで攻撃してくるのだ。たちまち予備校生たちは、五体ばらばらになって内臓を虚空へまき散らしはじめた。

丸橋忠夫は腹のまん中に砲弾を受けた。彼はからだ全体を完全に裏がえしにして、うしろの壁にぺしゃりと貼りついた。姉はその壁にすがりつき、腸に頬を押しあてて泣き叫びはじめた。

丸橋忠夫が死ねば、副指揮官である姉が指揮をとらなければならないのに、泣きわめいていてはしかたがない。

「姉さん。逃げよう！」泣き続ける姉の手をひっぱり、おれはビルの裏側へ逃げ出した。

さっきまで、まだ二、三人いた予備校生の生き残りも、いち早く逃げ出したらしく、姿が消えていた。ましてやおれはやじ馬である。これ以上のタイトロープは無意味だ。それにおれの目的は、すでに十二分に達したわけだ。

ビルの裏側の外壁にくっついている鉄パイプの非常階段から、おれと姉は手をとりあって駈けおりた。こんな時、家が近くにあるということは具合がいい。おれたちは大谷石の塀を乗り越えて、裏庭からヴェランダへ駈けこんだ。

「あんたたち、早くお帰り」応接室にいる重傷者たちに、姉はそういった。

「まだ動けません」負傷者たちはびっくりして姉に懇願した。「もうしばらく、ここで養生させてください」

「いやあよ」姉はかぶりを振った。「あんたたちがここにいたら、わたしまで捕まっちゃうわ」

こうなると女なんて薄情なものである。我が身可愛さに、負傷者をぜんぶ家の外へ叩き出してしまった。

おれたちは家の戸をぜんぶ閉めきり、部屋にとじこもってふるえていた。騒ぎはまだ続いているらしく、敗残の予備校生を追い立てる警官たちの声や呼び子が、かすかに聞こえていた。

その夜は何ごともなく終ったが、次の日の朝、家へ刑事がやってきた。

結局姉も、警察の追求を逃れることはできなかったらしい。泣きわめきながら刑事に引っ立てられ、パトカーに乗せられ、警察へつれて行かれてしまった。あの追い出された負傷者のひとりが、口惜しまぎれに姉の名を吐いたのだ。

昼過ぎ、親父が出張から帰ってきて、おれからいきさつを聞くと蒼くなって警察へすっとんで行った。馬鹿な子ほど可愛いという、ありがたい親心である。

警察では、姉が女なので、大した役割は演じなかったのだろうと判断したらしく、わりと簡単に彼女を釈放した。父親に身柄を引き取られて家へ戻ってきた姉は、その夜父親からさんざん油を絞られて、しゅんとなった。

「女は事件の陰に隠れているものと、昔から相場が決っています」父はおかしな叱りかたをした。「女だてらに戦争ごっことは、もっての他だ」

そして姉は、予備校をやめさせられてしまった。六カ月ののち、なかば強制的に見合いをさせられ、なかば強制的に、平凡なサラリーマンと結婚させられてしまった。今では男の児を生んで、ぶくぶくと肥りはじめている。

おれはと言えば、案に相違してみごとに試験に落第し、徳川大学へは入学できなかった。今は名古屋にできた東海道メガロポリス綜合予備校へ、毎日新幹線で通学している。

ただ、あの事件ののち、文部省でも、予備校の大学昇格を真剣になって検討しはじめたそうだ。もしそうなれば、この予備校などは一番に大学になるはずである。その日を待ちこがれながら、おれはわりと精を出して勉学に励んでいる。いい会社へ就職し、いいサラリーマンになり、平凡ながらもしあわせな一生を送るために。

人口九千九百億

地球の人口が、おどろくなかれ八千億を突破したと聞いておどろいたのは三年前のことだ。

「今は九千九百億になっているそうです」

そう聞いたのは、地球へ向かう宇宙船の中である。

「たった三年でそんなにふえたのか」私はびっくりして、パイロットにそう訊ね返した。

「だって大使、一億の人口が千九百億になるのはなかなかだけど、八千億が九千九百億になるのは、またたく間です。人口増加率を考えれば、たいしたふえかたじゃない方ですよ」

そりゃあ、そういえばたしかにそうかもしれないが、しかし、いったいそれだけの数の人間がせまい地球で、どのようにして生活を営んでいるのか――積みかさなって生きているわけでもあるまいし――生まれた時から人口密度の少ない火星に育ってきた私などには、想像することもできなかった。

「どうして君は地球のことを、そんなによく知っているのだ」と、私は若いパイロットに訊ねた。

「宇宙をとびまわっていると、地球の通信衛星からの電波をキャッチすることが、よくあるんです」彼は操縦席からふり返った。「ところで大使。そろそろ着地ですよ」

「用意はできている」私は客席のベッドに、仰向きに横たわった。

あと数分で、私は全人類の故郷――地球の土を踏むことになるのである。火星の大使としてだ。

地球と火星とは、ながい間、国交断絶の状態にあった。火星が地球の植民地でなくなり、国家として独立して以来のことである。もちろん、地球が火星の独立を認めようとはしなかったからなのだが、しかしそれはもう数百年も前のことだ。

それ以来、国交正常化の気運は何度もあったのだが、のべつまくなしに起こっていた地球の内乱やクーデターや暴動や小ぜりあいや何やかやのため、今まで延びのびになっていた。だがとうとう、アダムス政府が地球統一を成しとげた。

交易を、アダムス政府が火星連合に申し入れてきた。

大使を交換することになった。

私は火星連合から地球へ派遣される、最初の大使である。と同時に、独立国家としての火星から地球へやってきた最初の人間なのである。

着地は簡単だった。

不快感もなく、あっという間に終ってしまった。

私があっといったのは、小型宇宙艇のハッチから発着場に降り立って、あたりを見まわした時である。

林立する高層ビル、せせこましく建てられたアパートなどを想像していたのだが、見たところ建築物らしい建築物はなく、そこは、はるか八方の地平線の彼方までひろびろとうちひろがった大草原だった。

私をおろした宇宙艇はとび去り、私は平野のまん中にとり残された。

数十メートル離れたところに、出迎えに来てくれたらしく、一様に背の低い五人の男が立っていて、私に手を振った。私たちは歩み寄り、手を握りあい挨拶を交した。

「地球へようこそ」と、いちばん背の低い男がいった。「私がアルフレッド・E・アダムスです」

「ツキキです」と、私もいった。

「もっとお年寄りかと思っていましたら」と、アダムスは意外そうにいった。「お若いので驚きました」

「三十三歳です」と、私はいった。

どうやら私の若さを褒めているらしい。お返しに、あなたがたの背の低いのにはおどろきましたと言いかけて、あわててやめた。失礼になってはいけないからである。

「なんにもありませんね」私はあたりを見まわしてそういった。

実際なんにもなかったからで、ただひとつ、百メートルばかりのところに公衆便所のような大きさと形の建造物がひとつあるきりだ。

私はそれを指して訊ねた。「あれは便所ですか」

アダムスは不快そうな顔つきで、ちらと周囲の閣僚を見まわし、気をとり直していった。

「お疲れでしょう。今日はとりあえず、ぐっすりおやすみください。いい部屋を用意しておきましたから。さあ、出かけましょうか」

出かけるといっても、あたりには乗りものらしいものの影も形もない。この大草原をてくてく歩かなければならないかと思って、私はげっそりした。

アダムスたちは、例の公衆便所のような建物に向かって歩き出した。私も彼らに続いた。おかしなことにアダムスたちは、広い場所なのに五人ぴったりと身を寄せあい、何か姿なき敵から自分を守るような恰好で、そして何か故知れぬ恐怖を感じているかのようなおどおどした様子で歩き続けていた。

　着いてみるとその建物は便所ではなく、地下へ降りるためのエレベーター・ハウスだった。ボックスの中へ入ると、われわれ六人だけで満員になってしまった。天井が低く、私は首をすくめなければならなかった。

「町が地下にあるのですか」降下しはじめたエレベーターの中で、私はアダムスにそう訊いた。

「そうじゃありません。あなたが宇宙船から降りてこられたところが建物の屋上だったのです」

「ではあの大草原は、巨大なビルの屋上だったのですか」私はびっくりして、そう訊ね返した。

「そうです。屋上に草を植え、発着場を作ったのです。日光浴場もあります」

　なるほどエレベーターの階数表示盤を見ると、一階から二百三十八階まである。エレベーターはすごい早さで降下して、百二十階で停った。ほとんど音がしないのは、反重力装置もしくは圧搾空気を利用しているかららしい。

　降りたところは、細ながいビルの廊下だった。えんえんと続く天井の低い廊下の両側に、ほとんどくっつきそうな間隔でドアが並んでいる。ドアにはひとつずつ、ナンバー・プレートがついていた。

『A―二〇三九八一七六三七』

『A―二〇三九八一七六三八』

『A―二〇三九八一七六三九』

「このドアは何です」私は廊下を歩きながら、肩を並べた隣のアダムスに訊ねた。

「家です。ぜんぶA級ハウスです」

「公団住宅ですか」

「地球上、ぜんぶそうです」

ひとつのドアが開き、中から子供が廊下へ出てきた。開いたドアの隙間からちらりと中を覗くと、数メートル平方の部屋に五、六人が机を囲み、食事していた。A級ハウスがこんな様子では、B級やC級はどんな具合だか想像もつかない。

あきれながら歩いていると、今度は廊下の端に、毛布にくるまった老人や女子供が数人うずくまっていた。いずれも顔は煤でまっ黒け、着衣は焼け焦げだらけでぼろぼろだ。

「この人たちは何です。乞食ですか」

私がそう訊ねると、アダムスは首を傾げた。「さあ、何でしょう」

閣僚のひとりが、通りかかった制服姿の警官らしい男に訊ねた。「何かあったのかね」

「はい。この廊下のつきあたりの一廓で、火事が出たのです」と、警官は答えた。「この人たちは罹災者であります」

「失火かね。放火かね」と、アダムスが訊ねた。

「現在、調査中であります」

「部屋が老朽化してくると、改装してほしいために、わざと放火する住民がいるのですよ」アダムスが私を振り返り、うなずきながらいった。それから舌打ちした。「ちぇ。もう建設費の予算はとうにオーバーしてるんだぞ。おい建設大臣。こういうのはほっておけ。いいな」

「はい」

廊下の角を数回折れ、歩き続けた。いい加減歩きくたびれてうんざりしていた私は、アダムスに訊ねた。

「この辺もまだ、A級ハウスなんですか」

「いや、ここはもう官公庁街ですよ」彼は傍らのドアを指していった。「この辺は最高裁判所で、このドアは法廷です」

「ちょっと見学できませんか」

「できますよ。どうぞ」

私たちはドアを開け、法廷の傍聴席へ入った。傍聴席はすべて立見だ。傍聴席だけでなく、裁判官も被告も、すべて立ったままである。法廷がせまいのだから無理もないが、この裁判はもう五時間も続いていると聞いて、私はすっかり驚いてしまった。地球の人間はよほど我慢強いらしい。

正面の一段高い場所にいる白髪の裁判長は、胸幅の広い、まことに威風堂々とした人物だった。ところがそれは真正面から見た場合だけで、何かの拍子に彼を横から見ると、胸の厚さが五センチくらいしかない。頭まで横に扁平だ。裁判長だけでなく、両横の判事や検事や弁護士も、多かれ少なかれ似たような平べったい体格である。

「なぜあんな身体つきになったのですか」私は仰天してアダムスに訊ねた。

「さあね。おそらく常に大きな机と壁にはさまれたせまい空間に立っている上、被告を威圧しなければならないので、ああいう風になったのでしょうな。他にもドラッグ・バーテンダーとか、スーパー・マーケットのカウンター係とか、テレビ学校の教師タレントとか、あんな具合に横に平べったくなった人間はたくさんいますよ。逆に、官庁の資料係や図書館員など、細いところを通り抜けなければならない人間は、縦に平べったくなっています」彼は平然としてそういった。

「なぜ奥さんを殺したのですか」と、検事が被告に訊ねていた。

「殺したのではありません」と、被告が答えた。「圧死したのです」

「どういうふうに圧死したのですか」

「最近ぶくぶく肥り出してきて部屋がせまくなり、壁と家具にはさまれて圧死したのです」

「奥さんが肥り出し、部屋がせまくなってきたので、あなたが腹をたてて殺したのではないのですか」

「ちがいます」

「そんなによく肥えた奥さんといっしょにいたのでは、奥さんが圧死する前に、あなたが圧し殺されていてもよかったはずですね」

「ちっとも、よくありません」

「あなたは我が身可愛さに、奥さんに圧し殺される前に、手っとり早く奥さんをしめ殺したのでしょう」

「ちがいます」

しばらく傍聴したのち、私たちは法廷からふたたび廊下へ出た。さらに官公庁街を通り、やっと、私のために用意されたという部屋の前に着いた。

「どうぞゆっくり、おくつろぎください」アダムスは部屋の鍵を私に渡しながら、もういちどくり返した。「最高級の部屋です」

「ありがとう」

「では明日、また伺います」

アダムスをはじめ五人の閣僚は、廊下を引き返していった。

私はドアをあけて部屋に入った。

眼を丸くした。

こんなせまい部屋は、火星なら三流のホテルにだってない。テーブルとベッドがあるだけだが、三メートル平方の室内はそれでもういっぱいだ。

浴室はついているものの、中を覗くと一メートル平方しかなくて、壁にシャワーがついているだけである。便器がないのでびっくりした。小便がしたいのだが、まさかこんなところで立ち小便はできない。何かあるはずだがと思って見まわすと、壁の下の方からゴムホースの先端が二本突き出ていた。太い方のゴムホースの先端には、尻の恰好をした金具がついている。これが大便用の便器で、こいつを尻に押しあて、立ったまま用を足せということらしい。私は細い方のゴムホースを引っぱり出し、先端の金具に生殖器を突っこんで用を足した。もし抜けなくなったらどうしよう——そう思うと気が気でなく、小便は途中で止ってしまった。

シャワーを浴びてから部屋に戻り、ベッドに横になったが、なかなか眠れない。天井が低いので、上から圧し潰されそうな感じである。窓がないから見るものもない。

壁には厚さ一センチばかりの白いパネルが一枚かかっていた。どうも何か曰くがありそうだと思って、私は立ちあがりパネルに近づいた。横についていたボタンのひとつを押すと、思ったとおりパネルの表面にカラーの立体画像があらわれた。おどろくほど薄っぺらなテレビだったのである。スピーカーは天井のどこかに埋め込まれているらしい。私はふたたびベッドに戻り、寝そべったままでテレビを見はじめた。

音楽番組だった。ステージが狭いらしく、若い男女が窮屈そうに踊っている。場所をとらない植物的な踊りである。ほとんどくっつきそうなくらいの距離に立って向きあったまま、指さきを少し動かしたり、舌を出したり、眼球をぐるぐる動かしあったりするダンスだ。ソシアル・ダンスならともかく、ステージ・ダンスがこうなってしまっては、もうおしまいだな――私はそう思った。

いつの間にか、ぐっすり眠りこんでいたらしい。ドアをどんどん叩く音で眼を醒ました。腕の電子時計を見るとすでに朝である。あわてて起きあがり、下着のままでドアを開けると、だしぬけに兵隊らしい男が三人ばかり部屋へ乱暴に踏み込んできた。

「この部屋を接収する」と、下士官らしい男がいった。「お前は出て行け。この部屋は将校用に使う」

「君たちは何者だ」私はわめいた。「私はアダムス政府に招かれた賓客だぞ。無礼は許さん」

「昨夜クーデターが起こって、アダムス政権は崩壊した」と、下士官はいった。「服を着る間だけ待ってやるから、すぐ出て行け」

「くそ。いい部屋に泊りやがって」兵隊のひとりが、部屋を見まわしながら腹立たしげにいった。

「私は火星連合から派遣された大使だ」私は顔じゅうを口にして叫んだ。「私を粗末に扱うと、火星と戦争になるぞ」

「火星の大使だと」下士官はしばらく考えこんだ。「よし。それなら総統のところへ連行する」彼は憎にくしげに、にやりと笑って言った。「総統は火星嫌いだから、どうせお前はエレベーター裂きの刑さ。さあ。早く服を着ろ」

しかたなく、私は服を着はじめた。

「くそっ。いい部屋だなあ」と、兵隊がいった。

「アダムスも捕まったのか」と、私は訊ねた。

「奴は逃げた。他の閣僚たちはぜんぶ捕えて、今朝がたアイロン・プレス刑に処せられたはずだ。今ごろはもうぺっしゃんこになって、巻かれているだろう」

死刑室を作るスペースもないらしく、住宅難の地球にふさわしく死刑までなんとなくみみっちい。

下士官は兵隊に命令した。「こいつを総統のところへ連行しろ。逃さぬようにしろよ」

「はい」

兵隊のひとりが、服を着終った私の手首をぐいとつかんだ。

「そこをはなせ」私は腹を立てて、腕をふりはらおうとした。「下郎め。汚ない手だ」

だが腕力では、火星育ちの人間は地球の人間にとてもかなわない。火星の重力は小さいから、人間の背は伸びるが筋肉は発達しないのである。たちまち私は、万力のような腕で背後から胸を締めつけられ、動けなくなってしまった。

「さあ。おとなしくしろ。来い」

私は二人の兵隊に連行されて部屋を出た。

私たちはしばらく廊下を歩き続けた。何も悪いことをしていないのに死刑になるのはいやだから、何とかして逃げようと思ったが、なかなかその隙がない。そのうちに、どうやらB級かC級らしい、きたない区域にやってきた。両側のドアはたいていどこかが破れ、乱雑でせせこましい室内がまる見えである。ドアのない家もあった。中を覗くと七、八人が床にごろごろ寝そべってテレビを見ている。

「みんな、どうして働かないのだ」と、私は兵隊に訊ねた。

おとなしそうな顔をした方の兵隊が答えてくれた。「就職するのは大変だ。生活必需品は工場地区の機械が自動的に作り出しているから、人間の労働力は必要ないんだ」

「お前たちは、暇をもてあましてクーデターをやったのか」

「だまれ」もうひとりが背後から、私の頭をぽかっと殴った。

殴られただけで鼻血が出てきた。

しばらく行くと、廊下の床が壊れ、大きな穴があいていて、危険と書いた立札を立ててあるところへやってきた。ちらと下を覗くと、数メートル下は階下の廊下だ。兵隊の油断を見すまし、ままよとばかり私はその穴へとびこんだ。

地球の重力に馴れる訓練は火星で受けてきていたのだが、咄嗟の場合はどうしても以前の感覚で行動してしまう。火星だと、相当高いところからとびおりても平気なのだが、ここでは駄目だった。いやというほど腰骨を廊下の床に打ちつけ、ぎゅっと呻いたまま、私は立ちあがれなくなってしまった。

「くそ。とびおりやがった」

天井の穴からこちらを見おろし、兵隊たちがうろたえていた。

「度胸のある奴だ」

彼らは戦闘用の重装備をしているから、とびおりることができないらしい。

「エレベーターでおりよう。奴はまだ起きあがれまい」

彼らはエレベーターの方へ駈けて行った。

ぐずぐずしていると、また捕まってしまう。私は唸りながら立ちあがり、よろめきながら廊下を逃げはじめた。

階段をおりたり、廊下を曲ったりしているうちに、腰の痛みが次第に薄らいできた。どうやら逃げ切れたらしい。

少しほっとしながら歩いていると、廊下のまん中に脚立を横に立てて置いてあるところへ出た。通行止めの意味らしい。かまわずにまたいで通ろうとすると、横のドアが開き、兵隊がひとり出てきて、銃らしい武器を私に突きつけた。

「こら」と、彼はいった。「旅券《パス・ポート》を見せろ」

そんなものは持っていない。

「どうして旅券がいるんだ」と、私は訊ねた。

「ここは国境だ」と、彼は答えた。「アダムス政権の崩壊で、ここから先はもと通り、イワン帝政国家になっている」

「じゃあ、引き返すよ」私はそういって、廊下を引き返した。

あの国に入ってしまえば、捕まらなくてすむかもしれないな——私はそう思った。何とか国境を突破する方法はないかと考え、ひょっとすると、階段を一階おりて、廊下を少し歩き、その次の階段を一階登れば簡単に入れるかもしれないと思った。その通りやって見たら、案のじょう誰にも咎められなかったので、私はあきれてしまった。

なんとかして火星へ戻る方策を立てなければならない——そう考えながら歩いているうちに、歩きくたびれてくたくたになった。どこまで歩いても廊下だから、腰をおろすところがない。廊下の端に腰をおろしたりすると、また誰かに見咎められて、どこかへ連れて行かれるにきまっている。

こんなに広い建物なのに、乗りものといったらエレベーターだけだ。縦には移動できるが、横に移動するには歩くより他ないのである。ひょっとすると——と、私は思った——勤務先は三十階上、買いものは四十階下というふうに、地球の人間の生活行動範囲は、平面ではなく、ほぼ垂直なのかもしれないぞ——。

そういえば、廊下を歩いている人間はあまり見かけない。そのかわりエレベーターはあちこちにある。エレベーター文明だな——私はそう思った。

エレベーターがあったので、ボタンを押して待つことにした。一階まで行けば、あるいは建物の外へ出る道が見つかるかもしれないと思ったからである。やがてドアが開いた。

乗りこむと、中が便所になっていたのでびっくりした。ボックスの中央に便器がでんと置かれている。どうやらエレベーター兼用の公衆便所らしい。各階の住民に使わせるためと、時間と空間を節約するために作ったのだろう。用を足しながら行先階のボタンを押せばいいわけだ。

私は一階のボタンを押し、スピード・メーターを最高速にした。エレベーターはすごい勢いで降下しはじめた。

メーターの上に紙が貼ってあって、『用便中は最高速度で降下しないでください』と書いてある。あたりまえだ。排便しながらこんなスピードを出したら、逆流した大小便がエレベーター中をとびまわって、たちまち全身まっ黄色になってしまう。

ほどなく一階に着いた。

思った通り一階には、居住者はいなかった。どのドアをあけても中は機械類だけで、人間の姿はない。機械は勝手に動いていた。工場地帯なのだろう。

『管理人控室』と書いたドアがあったので、ノックしてみた。

「どうぞ」

客などめったにないらしく、びっくりしたような声が中から応えた。重いスチールのドアを開くと、中には若い男がひとりいて、隅の事務机で本を読んでいた。周囲の壁の本棚には、ぎっしりと本が並んでいる。

「どなたですか」男は青白い顔を私に向けて訊ねた。

「見学に来ただけです」

「ふん」男は迷惑そうに顔をしかめた。「見学するようなものは、何もありませんよ」

私は周囲の本を見まわしながらいった。「あなたはエンジニアですか」

「いいえ。私はただの管理人です」

本棚にSFがあったので、私はもういちど彼をじろじろと観察した。「あなたはSFのファンですか」

「私はSF作家です」と、彼は答えた。「仕事のかたわら、本を書いています」

「じゃあ、管理の仕事は暇なんですか」

「することは、ほとんどありません」彼はうなずいた。「そのかわり給料はべらぼうに安いですよ」

「いったい、何の管理をなさっているのですか」

「エレベーターの管理です」

「管理人室に、こんなにたくさん自分の本を持ち込んだりして、叱られないのですか」

「ここへは誰も来ないのです。ゆっくり原稿が書けます」

「どんなSFを書いていらっしゃるのですか」

「エレベーターSFです。評論もやります。その棚にあるのが、ぜんぶ私の著書です」

私は本の背表紙を、順に眺めた。


『五十年後のエレベーター』

『エレベーターの未来像』

『エレベーターの思想』

『エレベーター世界一周』

『エレベーターひとりぼっち』

『狂ったエレベーターの季節』

『恍惚のエレベーター』

『エレベーター九九九九年』

『準B級エレベーター』

『エレベーター風雲録』

『万延元年のエレベーター』

『SFエレベーターの夜』

私はあきれて彼にいった。「どうしてもっと、夢のあるSFを書かないんですか」

彼は急に不機嫌になって、投げやりに答えた。「飛躍が大きすぎると一般受けしないから、本を出しても売れないよ」そういって黙りこんでしまった。

気むずかしい男らしい。私は話題を変えた。

「ところで、エレベーターの機械室は、たいてい建物の地下にあるものですが、この建物には地下はないのですか」

「この辺には地下はないね」彼はそういって、部屋の床の中央にあるマンホールらしい鉄蓋を持ちあげた。「下をのぞいてごらん」

私は床の丸い穴から、下を覗きこんだ。床の五十センチほど下にはどんよりと濁って見える静止した黒い水面があった。

「これは下水道ですか。それにしては水が流れていませんね」と、私はいった。

「それは下水じゃないよ」彼はいった。「それは大西洋だ」

私はたまげて、彼の顔を見つめた。「この建物は、海の上に立っているのですか」

「どうかしたかね」

「そうだよ」彼は私の驚く様子に怪訝そうな眼を向けながらうなずいた。

私は泣きそうになって、さらに訊ねた。「では、いくら歩いても建物の外には出られないのか」

「建物の外だって」彼はますます不審そうに首を傾げた。「地球の上には、建物しかないんだよ。つまり地球の表面は、平均二百数十階の建物によってぐるりと取り囲まれているんだ。私の友人には、北極点の真上にいる奴もいるよ」

「なんだって」私はあまりのことに、口をぽかんと開き、ぜいぜいとあえいだ。

「陸地の部分には、平均三、四十階の地下があるそうだ。行ったことはないがね。見てきたものの話によると、地下へ行けば行くほど天井が低くなっていて、そのあたりに住んでいる人間の恰好ときたら、土蜘蛛みたいに扁平で、ほとんど床を這って歩いているそうだ」彼はかけていた椅子から立ちあがり、ゆっくりと私に近づいてきながら訊ねた。「そういえばあんたは、いやに背が高いな。どこから来たんだね」

「じつは私は、火星生まれなんだ」私はしばらくためらったのち、思いきって彼に、今までのいきさつを全部話した。

彼は頷いた。「なるほど。そうか。道理で何も知らないと思った」

私は溜息をついた。

それからもういちど、床下五十センチの海面をのぞきこんだ。

「この海には」私は水面を指して訊ねた。「魚はいるのかい」

「魚はいないね。全部死んでしまった。でも、深いところにはイカがいるよ。メクライカというイカだ。釣ってみるかね」彼は部屋の隅の釣り糸を指していった。「おれはよく釣ってみるんだがね。もっとも、太陽光線がないから色素が欠乏して、幽霊みたいに半透明になったメクラのイカだ。しかし食ってみると、わりあい旨いよ」

そんな気味の悪いものが食えるものか。

「ほかには、動物はいないのか」

「深海魚なら、まだ生き残ってる奴もいるだろうな。それから、南極の方にはクジラがいるよ。暗闇のためにメクラになって、全身まっ白になった。シロメクラクジラというやつだ」

私はもと通り、鉄蓋で穴をふさいだ。

「ところで」と、私は彼に向き直っていった。「なんとかして、火星へ戻りたいのだがね」

「そうだな」彼はしばらく考えこんだ。

やがて、顔をあげた。「やはり、宇宙船を盗み出すより仕方がないだろうね。あんた、

「宇宙船の操縦はできるかい」

「火星では自家用宇宙艇を持っていたから、ひと通りの心得はある」と、私はいった。

「しかし、どこへ行けばいいんだ」

「二百三十八階だ。おれは商売柄、宇宙船の格納庫を二、三度見学したことがあるから、場所を知っているよ」彼は私に地図を書いてくれた。

丁重に彼に礼を言ってから、私はまた廊下に出た。あの便所エレベーターに乗るのはいやだから、別のエレベーターを探した。

ドアの大きなエレベーターがあったので、ボタンを押して待った。やがてドアが開き、中から白衣を着た女が顔を出した。

「一階から乗ってくる人もいるのね」彼女は私をじろじろ見て訊ねた。「あなたは、どなたの奥様でしたっけ」

眼鏡をかけているところを見ると、たいへんな近眼らしい。

「私は男です」そういいながら、エレベーターの中を女の頭越しに覗くと、すごく奥行きのあるエレベーターで、美容室になっていた。満員だ。

「このエレベーターは、婦人専用よ」彼女はドアを閉めてしまった。

美容室ではしかたがない。他のエレベーターを探した。やっとのことで、他に用途のないプレーン・エレベーターを見つけることができたので、私はそれに乗った。

二百三十八階は最上階である。ボタンを押し、その上の壁を見ると、『四十二階には停止しないでください』と書いてあった。持ちまえの好奇心から、私はすぐ四十二階に何があるのか覗いて見ることにした。

エレベーターが四十二階で停り、ドアが開いた。一歩外へ踏み出し、私は眼を丸くした。薄暗く広い部屋に、数百人の老人がぎっしり詰っていて、床にうずくまっていた。いずれも百歳はとうに越えていると思える年寄りたちである。養老院かと思ったが、すぐに、そうではないとわかった。あきらかに死にかけている者が何人もいるのに、放ったらかしなのである。昔の言葉でいうなら姥捨て山だ。糞便がところどころに、うず高く積み重なっていた。すごい悪臭だ。この世のものとも思えぬ姿かたちをした老人ばかりで、眼球が頬の上まで垂れさがっている者、鼻の骨がむき出しになっている者、中には腰から下が腐りかかって、どろどろ溶けはじめている者までいた。

吐きそうになり、私はエレベーターに戻って大あわてでドアを閉めた。エレベーターが上昇しはじめてからもしばらくは、私の身体からは顫えが去らなかった。あんなものを見たことが誰かに知れたら、ただでは済まないだろう。

医学の発達が、老人を細ぼそと生きながらえさせることになり、結局生きているだけで何の役にも立たない老人がふえすぎたのだ。それは火星でも同じだが、火星では本人の希望により安楽死させる。だが地球は野蛮だから、まだ安楽死を罪悪だと思っているらしい。だからあんなところへ押し込めて殺すのだろう。あそこだってきっと、表向きは養老院ということになっていて、家族から高い金を巻きあげているにちがいない。

誰かが呼んだらしく、エレベーターは九十一階で停った。

どんな奴が乗ってくるかと思っていると、買物帰りらしい若い女だった。上流階級の娘らしく、とびきり上等の装いをしていた。顔も美しく、身体も火星生まれの女ほどではないが、均整がとれていた。女は嫌いではない。むしろ好きである。しかし今は話しかける気分にならない。会釈もせず知らん顔をしていると、女が不満そうな声で喋りかけてきた。

「ねえ。あなた男性でしょ。この荷物、持ってくれないの」

地球ではこういう場合、男性はたとえ相手が見知らぬ女性であっても、その荷物を持ってやることになっているらしい。私はおとなしく、彼女の荷物を持ってやった。

「わたし、百六十八階で降りるの」

だから階数ボタンを押してくれということらしい。私は両手に彼女の荷物をいっぱい持ってやっているのだから、自分で押したらよさそうなものだと思うのだが、こんなところで小娘と口喧嘩しても始まらない。四苦八苦して、やっと百六十八階のボタンを押した。

「ずいぶん背が高いのね」と、女がいった。まるで使用人に口をきいてやっているという調子だ。

エレベーターが百六十八階で停ると、彼女はそのまま廊下に出て、すたすた歩きはじめた。私に荷物を自分の部屋まで運ばせるつもりなのだ。こっちの都合など、どうでもいいらしい。しかたなく私もエレベーターを出て、彼女の後に続いた。

彼女がひとりだけで住んでいる様子のA級ハウスに入り、他に置くところがないので、彼女のベッドの上に荷物を置いた。彼女は両手でその荷物を床に押し落し、自分はベッドに腰をおろした。私が部屋を出て行こうとすると、彼女は呼びとめた。

「ちょっと、遊んでいきなさい」

私は振り返った。「いそぎの用があるので、これで失礼します」

彼女は立ちあがり、いらいらした高い調子できっぱりといった。「あなたはここで、私と遊んでいくの。いいこと」

さすがに、かっとした。「あなたの指図に、なぜいちいち従わなければならないのかな」と、私は少し強い調子でいった。

彼女はさっと身をひるがえし、私を押しのけてドアにとびつき、鍵をかけてしまった。その鍵を服のポケットに入れ、ベッドを指した。「さあ、そのベッドにおかけなさい。これは命令よ。わかったわね」

私は彼女の行儀がもっとよくなってから返事してやろうと考え、黙っていた。

彼女はさっさとベッドの傍に戻り、まだ黙って突っ立ったままの私を振り返って、不機嫌な声で叫んだ。「さあ、来るの。来ないの」

「ドアをあけてくれ」私はゆっくりと、そういった。

「いやよ」と、彼女はヒステリックにいった。

私は彼女に歩み寄り、その服のポケットから鍵を出そうとした。彼女が私にかじりついてきた。しばらく揉みあっていたが、女とはいえ、なにぶん相手は地球の人間だからとてもかなわない。私はたちまちベッドに押し倒され、上から首をぎゅうぎゅう締められて、息がとまりそうになった。

私に抵抗する気がなくなったと見てとると、彼女は眼を吊りあげたまま、平手で力まかせに私の左右の頬を十数回連打した。あきらかに、酔ったようになっていた。私の頬は焼けるように火照った。

「罰よ。レディに対する、あんたの行為に対する罰よ」彼女はそういった。

「この小娘。このすべため。こ、この、この……」私は怒りのあまり、口もきけなくなってしまった。

「言葉に気をつけなさい」彼女はまた片手を振りあげた。

これ以上殴られては顔が歪んでしまう。私は黙った。

「どう。良い薬になったでしょう。女性を侮辱すると、こういう目に会うのよ。女権委員会に報告して、あなたの社会的生命を奪うことだってできたのよ。これだけで済んだのだから、ありがたいと思いなさい」

私は彼女の持っている、生まれつきの威厳を感じた。

「気の毒ね。あなたは背は高いし、上流階級の人間らしいし、相当美男子なのだから、今までだって、ずいぶんうぬぼれていたでしょうし、きっと自尊心がずたずたになってしまったでしょうね。自分よりずっと歳下の娘に、こんな目に会わされてしまって。でも、だからこそわたしは、あなたをこらしめたのよ。地球の男性なら、いくら好男子でも、いくら他の娘とのデートに遅れそうでも、女性に会った場合は、絶対にさっきみたいな振舞いをしちゃ駄目よ。いいこと。そう。あなたが他の娘との約束に遅れそうで、いそいでたってことぐらい知ってるわ。そういう時はえてして他の女性への礼儀を忘れるものなの。でも、相手がわたしでよかったのよ。もし相手が委員会のこわぁいおばさまで、私以上に男性懲戒術に年季の入ったひとだったら、あなたみたいな虚弱な男性は、どんな目に会わされてたかわからないわよ。きっと、ばらばらよ。さあ。もう許してあげるわ。出て行きなさい」彼女は立ちあがり、ドアをあけた。

私はショックを受けたため、しばらくは立てなかった。ベッドにぶっ倒れたままの姿勢でぼんやりしていると、横で服を脱ぎはじめた彼女が、ぴしりと言った。

「何よその態度は。ふてくされてるつもりなの」

あわてて立ちあがったが、足をもつれさせて床にひっくり返った。私は泣き出した。

「許してください。地球の女性がこれほどまでに強くなっていたとは夢にも思わなかったのです」私は床に這いつくばったまま、わあわあ泣き叫んだ。「もうあんなことは絶対にいたしません」

「わかったらいいのよ」彼女はすっかり私に興味を失った様子で、私の眼の前ですっぱだかになり、浴室へ入ってシャワーを浴びはじめた。

私はめそめそしながら廊下へ出て、エレベーターのところへ引き返した。人口が増加し、子供を産む必要がなくなると、女性の権力が強くなるというのは本当だな——私はそう思った。たとえば火星でも、結婚式の時は新郎の両親がおいおい泣きながら、どうか息子を可愛がってやってくださいといって新婦に懇願する。しかしどうやら地球はそれ以上らしい。

宇宙船を盗み出す自信はすっかりなくしてしまっていたが、それでも二百三十八階まで昇ってみると、エレベーターを出たところが宇宙船の格納庫の内部で、番人らしい人影はなかった。私はあのSF作家に教わったとおり、部屋の隅のスイッチ・ボックスを開け、格納庫の天蓋シャッターを開いた。久しぶりの蒼空が、そこにはあった。

大小さまざまな宇宙船が、いつでも発進できるように整備されて置かれていたが、私は遠慮して、いちばん小さい宇宙艇に乗りこんだ。燃料もたっぷりあった。

発進は成功した。操縦席の前のスクリーンに、地球ぜんたいの光景が映りはじめた時、誰かが私の肩をうしろからそっと叩いた。

私は息がとまりそうになるほどびっくりした。「だ、誰だ」

「わたしです。アダムスです」

それは後部シートに今まで隠れていたらしいアルフレッド・E・アダムスだった。彼はおろおろ声で私にいった。「お願いします。私を火星へ亡命させてください」

今さら引き返すことはできないし、彼を宇宙空間に抛り出すこともできない。私はしかたなく、彼を火星につれて帰ることにした。

火星へ戻ってきた次の日、アダムスは精神病院に入院した。今もまだ、そこにいる。病名は広所恐怖症である。

しかし彼は、地球へ戻りたいとは思っていないようだ。もちろん私だって、二度と行く気はない。あんなところ誰が行くもんか。

公共伏魔殿

　視聴覚文化は軽薄だ。おれは本を読む。みんながそうすればいいと思う。映画五本見るなら、小説三冊読んで映画二本にした方がいい。小説読むならＳＦだ。純文学は肩がこるがＳＦは読んだあとすかっとする。だから健康にもいい。だいいち、ぐっすり眠れる。うそだと思ったらＳＦを読んだあと寝てみたらいい。その夜ひと晩ぐっすり眠れる。その夜ひと晩ぐっすり寝て、その次の日もいちにちぐっすり寝て、三日経ったらつめたくなっている。

　それはともかく、そういうわけだからおれはテレビもあまり見ない。ところがある日、会社から帰ってくると妻がおれにいった。

「今日、受信料取りにきたから払っちゃったわ」

「馬鹿馬鹿。なぜ払った。あれほど払うなといっといたじゃないか」おれはフォークとナイフを投げ出して妻を罵った。

「だって、こうやってテレビを見てるんだから、払わなきゃ悪いわ」と、妻は不服そうにいった。

「馬鹿だな。見てるからこそ金を払う値打がないってことがわかるんじゃないか。どうしておれのいうことをきかないんだ」

「だって、断われないわ」妻は泣き顔でいった。「そんなことというんなら、あなたが断わってくだされぱいいのに」

「昼間集金にくるんだから、おれはだめだよ」おれは平凡なサラリーマンである。だから昼間は会社だ。「あれほど念を入れて、断わりかたを教えといたじゃないか」

「その通りいったわ。でも言い負かされちゃった」

「いったい、どういって断わったんだ」

「民放しか見ていませんっていったの」

「ふん。そしたらどういった」

「そしたら気の毒そうな顔をしたわ。あんなに面白いわたしたちのテレビを見ておられないとは実にお気の毒です。わたしたちの放送は楽しい、ためになる番組ですからぜひ見てください。気に食わないと思ったらどんどん投書してください。いくらでも改めます。だって公共放送は国民であるみなさんのための放送なのですからねって、そういうの」

「それでお前はどういった」

「うまいこといいやがる」おれはちょっと感心した。「それでお前はどういった」

「じゃあ一度見てみます。もし面白ければこの次から払いますっていったの」

「ふん。そしたら」

「そしたら心外そうな顔をして、これは公共放送なんですよ、放送法第三十三条をご存じありませんか。とにかくテレビがあるのなら受信契約をしないと放送法違反になるのです、いいんですかっていうから、こわくなって払っちゃった」

「そんなことだろうと思った。だからお前は馬鹿なんだ」おれは大声を出した。「いいか。料金を払わなくても法には絶対ふれないんだ。放送法というのは法律にはちがいないが、ただ放送の自由に関する基本的原則を確認するためのもので……」

「そんなむずかしいこと、わたしなんかにわかりっこないじゃないの」妻はややヒステリックになっていった。「どうしてそんなにわたしをいじめるのよ。あなたいつも、わたしを馬鹿馬鹿っていうじゃないの。その馬鹿にそんなにややこしいことがわかるもんですか。ええそうよ。どうせわたしは馬鹿よ。あなたは利口だわよ」泣き出した。

「ぜんぜん話がちがう」おれはびっくりして、なだめにかかった。「そんな話をしてるんじゃない」

「わたしが馬鹿だってこと、遠まわしにおっしゃりたいんでしょ。そうでしょ。そうにきまってるわ」

「お前に怒ってるんじゃない」と、おれはいった。「公共放送制度に対して怒ってるんだ」

「でも、わたしに怒ってるわ」妻は泣き続けた。「両方から責められて、わたしどうしたらいいのよ。ええもう。ひい」

「わかった」おれはあきらめた。「もう何もいわない。だから泣くのはやめろ」

その次に受信料徴収係が家にやってきた時、ぐあいのいいことにおれがいた。休日出勤の代休をとり、家で小説を読んでいたのだ。

「ごめんください。テレビの受信料をいただきにまいりました」

その声でとびあがり、妻をおしのけておれは玄関にとび出した。

「きたな」

顔色がかわっていたらしい。徴収係は少したじたじとしたようだった。見るとまだ若い男だが、色白で高慢そうな鼻をしている。もっとも、その時のおれには特にそう見えたのかもしれないが。

「以前きたのもこの人か」妻にそう確かめてから、おれは彼に向き直った。

彼は少し態勢をたてなおし、にやりと笑っていった。「さてはあなたが奥さんに受信料を払うなとおっしゃいましたね。読めた読めた」

「何が読めた読めたです。馬鹿にしてはいけない。この前は妻から強奪同様にして金をとって行きましたね。あれは返しなさい」

「強奪はひどい」彼は苦笑した。

「法律に暗い女をおどかして金をまきあげたのです。強奪です」

「奥さんは納得の上、支払ってくださったのです」

「ちっとも納得していません。あの女はあなたにだまされた口惜しさに毎日泣き暮していますよ」

「大袈裟な。もしわたしが奥さんをだましたのだとすれば、公共放送は全国の受信者から金をだまし取っていることになるじゃありませんか」

「そうは言いません。納得して支払っている人もいるでしょう。公共放送はたしかに公共放送としての価値があると思う人はどんどん払えばよろしい。ところがわたしは、そうは思わないんだから」

「われわれの放送の、どこがお気に召しませんか」

やっと議論の本筋にさしかかったようである。おれは妻を呼んで座布団を持ってこさせた。上り框に敷いて、おれはその上に腰を据えた。もちろん徴収係には座布団はやらない。彼は少し困って頭のうしろを掻いた。

「気に食わないことだらけだ」おれは喋り出した。「まず第一に政治座談会やテレビ討論会が気に食わない。内容が偏向していて……」

徴収係があわてて口をはさんできた。「政府与党の主張を多くとりあげすぎているという点じゃないですか」

「その通りだ。なんだ手前でわかってるんじゃないか」

「だって、公共放送としては時の政府の政策を国民にくわしく報道するのは当然じゃないですか。しかもそれだって、何も一方的に押しつけているわけじゃありません。反対意見だって必ずいっしょにとりあげています」

どうやらこの徴収係は相当長期にわたる研修を受けてきたらしく、答えに澱みがない。

「うそをつきなさい」と、おれはいった。「反対意見なんか、お座なりもはなはだしい。出席者の顔ぶれを見ればわかります。政界からの出席者は与党の連中ばかりじゃないか。学界や文化人や、その他の民間人だって、はっきり右翼とわかる人ばかりだ。この間みたいに、第一回日本火星探検隊の騒ぎがあった次の日の討論会なんか、なおさらそうだった。出席者の中に、野党や左翼はひとりもいない」

第一回日本火星探検隊の騒ぎというのは、科学技術庁長官が、宇宙船搭乗員の顔ぶれを一方的に決定したことから起こった騒ぎである。政府の方針として、三人の搭乗員すべてに自衛隊の将校を選んだのだ。

「わかりました」徴収係はにこやかな表情を消した。警戒するような冷たい眼つきをして見せた。

「あなたは左翼なんですね」

「誰がそんなことをいった」おれはむかっ腹を立てて怒鳴りつけた。「おれはただ、放送の公正を期待してるだけなんだ」

「見解の相違ですな。わたしは公正だと思います。実に公正です」彼は居直った。「もちろん、左翼の人はそうは思わないでしょうがね。しかしわれわれの放送は、全国の一般大衆のすべての方が対象なのです」

「はっきりいっとこう。おれは左翼じゃない。しかし、もし左翼だったとしたって、左翼の人間にも納得できる放送をしないといかん。それが公共放送の使命じゃないのか。このあいだやったノンフィクション・ドラマの『政治走査線』なんかは、その意味でよかった。あれなら誰にだって納得できる。ところが番組の後半にさしかかったところで、だしぬけに唖になった。オーディオが消えて、登場人物がみんな金魚みたいに口をぱくぱくさせ始めた。次の番組が始まるなり音が入った。あれはどういうわけだ。あれは番組審議会の差し金だろう」

「とんでもありません。あれは機械の故障だったのです」

「うそをつきなさい。それならなぜ第二回目から放送中止になったんだ」

「あれは最初からシリーズものではなく、一回しか放送しない番組だったのです」

「いいかげんなことをいってはいけない。おれはちゃんとタイトルを見てるんだ。うそをいっちゃいかん。あれじゃ放送センターが政府から圧力を加えられてるって人にいわれたってしかたがない」

「政府からの圧力ですって」徴収係は、おれの無知を嘲笑するかのように、じろりと横眼でおれを見た。薄く笑った。「政府と放送センターとは、ずっと以前から仲が悪いんですよ。二十年前に時の会長が、受信料値あげの問題で郵政大臣に噛みついた。あれ以来政府とは仲が悪い。圧力なんてとんでもありません」彼はだしぬけに興奮しはじめた。「放送センターが政府から圧力を加えられるような、そんな弱小な組織だと思ったら大まちがいだ。政府なんかなんだ。ちっともこわくないぞ。あんなものたたきつぶせ」宙に向けて腕をふりまわしてから、彼は薄い眉を激しく上下させ、眼をぎらぎらさせ、足をふらつかせ、あえぎながらおれにいった。「水をいっぱいください」

「はい」おれはあわてて水をくんできた。近頃は二十歳台の高血圧が増えている。玄関さきで死なれては事だ。

「つい逆上して、失礼しました」水をいっ気に飲み終ってから、徴収係はやや落ちついた様子で一礼した。それから、座布団にべったり尻を据えているおれを、上から睨みつけるようにして重おもしく言った。「もし、どうしてもお支払いくださらない時は民事訴訟を起こさなければなりませんな」

もちろんおれは、そんなことがこけおどかしであることぐらいは知っている。支払いを拒否した人間に対して局が訴訟を起こしたという話は、まだ一度も聞いたことがない。しかしおれは、少なからず彼の尊大さに圧倒されていた。

「やりますか」声が顫えていた。「一度ぐらいやって見たらどうです。そうだ。一度ぐらい本気で訴訟を起こしてみたらいい。わたしもまだ裁判というものに関係したことがない。おやりなさいおやりなさい。わたしにもいい経験になる」

しかしそれも、今や彼の耳には負け犬の遠吠えぐらいにしか響かなかったらしい。「なあに。訴訟なんか起こさなくったって、もっといい方法がある」

「何ですかなんですか」おれの声はうわずった。「脅迫ですか」

「あなたの会社は東京圧搾機器工業。たしか圧搾昇降機の製造と修理サービスをやっている会社ですな」

「いつ調べました」おれはぎくりとして上背をのけぞらせた。「そ、そ、それがどうしました」

「受信契約者名簿を見れば、なんでもわかります。役所の住民名簿より正確かもしれないよ」

おれは落ちつこうとして、よせばいいのにタバコを出した。ライターを持つ手が瘧のように痙攣した。あわてていたため、フィルターの方に火をつけた。消そうとすると、こんどは火がとんで座布団に移った。立ちあがって火を踏み消そうとすると座布団が床をすべり、おれは土間へころげ落ちた。

「結構。たいへん面白い」徴収係はおれのうろたえぶりを冷たく見おろしながらいった。

「ところで、あなたの会社は放送センターとも取り引きがあるはずです」

「それがどうしたというのですか」

「いいでしょう。また来ます」彼はくるりと向きを変え、出て行こうとした。

「お待ちなさい。いや、待ってください」おれはあわてて彼をひきとめた。「受信料はいらないのですか。もう、あきらめたのですか」

「わたしは疲れた」彼は老人くさい声でゆっくりそう言いながら、ふり返っておれを見た。その眼はうつろだった。おれを見ているようでもあり、見ていないようでもあった。「人間関係なんて、むなしいものですなあなた」彼の声はひび割れていた。「教育というものに人間関係が必要でなくなって以来、ますます人間関係というものはむなしくなってしまった。よく考えてみれば、わたしとあなたがここで議論する必要はちっともなかったのです」

「それはどういう意味です。わたしに何らかの形で、圧力を加えるというのですか」

「そんなことはしませんよ。かえってわずらわしいだけだ」彼は気乗り薄に笑った。「わたしは、よく考えてみたいだけです。帰ります。この近所に情婦《おんな》の家がある。今日はこれからそこへ行こう。しかし、まったくむなしいことです」

むなしいむなしいといいながら、彼は帰って行った。

おれはそれから、また小説を読もうとした。しかし読めなかった。彼の言葉が胸にひっかかっていて、小説の中の世界に入って行くことができない。おれは本を投げ出し、彼のいった言葉をよく考えてみた。

教育に人間関係が必要でないというのは、もちろんマスコミが大衆を教育するという意味だろう。おれと議論する必要がないというのは、やがておれもマスコミによって教育されてしまうにきまっているということだろうか。考えてみたいとは、いったい何を考えるつもりなのか。

そう言えば「なになにする前にもう一度よく、ゆっくり考えてみようではありませんか」というのは、公共放送独自のいいまわしだった。現にこのあいだ、第一回日本火星探検隊の騒ぎの時にも、ニュース解説者はこういった。

「自衛隊員を火星へ行かせることに、ただ感情的に反対するだけでなく、自衛隊員以外に宇宙船に搭乗できる人材が、現在の日本にいるかどうか、もういちどよく考えてみようではありませんか」

おれはやっと気がついた。あのいいまわしは結局一種の思考停止ではないか。考えて見ようといわれて、ムキになって本気で考える大衆はまず少ないだろうし、考えたとしてもすぐ次の番組に気をとられてしまう、たいていの人間は、アナウンサーがああいうのだから、おそらく放送局じゃ自分たちのかわりに誰かえらい人が考えていてくれるのだろうと思って、考えるのをやめてしまう。つまるところは、大衆よお前たちはだまっていろということになるのである。あの徴収係が考えてみたいといったのは、受信料その他のことは自分が考えてやるからお前は考えるのをやめろということを、暗に匂わせたのだろうか。放送センターというのは新しいタイプのお役所なのか。放送センターの人間は、いわばマスコミ役人なのか。そういえばあの徴収係までがマスコミ小役人的だったではないか。

放送センターの意図していることが、おれにはやっとおぼろげながらのみこめてきた。と同時に、徴収係までが情婦を持っているセンターというものの薄気味悪さにぞっとした。

情婦といったって、昔の言葉でいえば要するに妾だ。

　翌日会社で、おれは係長のところへ受註報告書を持って行ったついでに、彼に訊ねてみた。「放送センターは、わが社のいい得意先なのですか」

「ああ。いいお得意だ。となりの係が担当している。ところが今日は風邪ひきで、みんな休んだらしい。誰かに代理で行かせてくれと課長から頼まれた。君、行ってきてくれ」

「行きましょう」と、おれは即座にいった。

「君のことだからそつはないだろうが、気をつけてくれたまえ」と、係長は意味ありげにいった。

　何に気をつけたらいいのですかと、おれが訊ねるのを予測しているような様子だったので、失望させては悪いからおれは訊ねた。「何に気をつけたらいいのですか」

「どういえばいいかなあ」係長はしばらく考えこんで見せた。やがて顔をあげた。「そう。政府のお役人に対するような態度で接したら無難だということだろうかね。それから、先方の調子にあわせなきゃいかんよ。笑い声をたてたり、まして馬鹿笑いなどしちゃいかん。ご機嫌とりのために民放の悪口を言ったりしてもよくない。反抗的な態度はいちばんいけない」

「わかりました」

午後、おれは山の手にある放送センターへ出かけた。

二十年前に建てられたセンター・ビルを中心に、周囲には大小の附随的な建物が立ち並び、その一部は明治神宮の外苑の中にまで喰いこんでいた。ビルに入り、宮殿のように豪華なロビーの中央に立つと、現会長の馬鹿でかい立体カラー写真が行灯に加工されて正面の壁に埋め込まれている。受付のカウンターにいるのは、今放送中のテレビ・ワイド・ドラマ『東郷平八郎』に出演している新人女優、巻原小枝そっくりに作られた精巧なインフォメーション・ロボットである。

「営繕局の溝上係長はおられますか。わたしは東京圧搾機器工業の者です」と、おれは彼女にいった。

「しばらくお待ちくださいませ」ロボットは巻原小枝の声でそういい、しばらく腹の中で継電器をかちかち鳴らしてから答えた。「おそれいりますが、四階中央ロビーまでおいでくださいとのことでございます」彼女はそういって、にっこり笑った。

「ありがとう」おれはつい彼女にそういってしまい、胸の中で舌打ちしながら圧搾昇降機で四階に昇った。

中央ロビーの入口で、こんどは東郷元帥のロボットに誰何された。答えている途中で元帥の眼がぴかりと光り、その光線はおれの身体に向けてまともに照射された。ピストルでも持っていないかとレントゲンで調べたにちがいない。元帥が重おもしく入室を許可したので、おれはロビーへ入ってソファに腰をおろした。

このロビーも豪華である。約百メートル四方もあり、天井高は六メートル近い。壁にはセンターに貢献したタレントたちの立体カラー写真がずらりと並んでいた。もっともその大半は、芸能史にも残らぬような大根タレントの写真ばかりである。センターがタレントを計る物差しは実力でも人気でもなく、センターへの貢献度なのだ。

このロビーへは、よほどあやしげな者以外は誰でも入れるらしく、タレントらしい男女がこちらにひと組、あちらにひと組とうろついていた。重要な来客のためには、もっと立派な応接室が別にあるに違いない。

「やあ。待たせましたね」気さくな調子で声をかけてきたのは、おれと同じ年ごろの眼の細い男だった。着ているものは地味な色の背広だが、その生地や仕立ては最高である。彼はおれの自己紹介に軽くうなずいてから、向かいのソファに腰をおろした。「こんど新築するセンターの設計図は、あなたの社にも届いているはずですね」

おれはうなずいた。「出がけに拝見して参りました。立派なものです」

彼は首をかしげた。「ほう。そう思いますか」

自分が、あんなもの大したことはないと思っていることを、おれにわからせたい様子だ。

彼のそぶりの中には、昨日の受信料徴収係と共通するものがあって、いんぎん無礼なほどの丁寧な言葉づかいの中に、あきらかに一種の強烈なエリート意識がある。典型的なマスコミ役人だ。

「でも係長」と、おれはいった。「あれほどの設備を持った放送センターは、世界にもちょっと類がないのじゃないですか」少しお世辞をいいすぎたかなと思ったが、考えてみればその通りだからしかたがない。

「たしかにそうですね、だが上層部ではまだまだ不満らしいのです」彼はそういいながら、握りこぶしで自分の肩を軽くとんとんと叩きはじめた。

少し離れたソファでこちらを見ていたボーイ・タレントが、立ちあがってすいっと近寄ってきた。「係長さん。お肩を叩きましょうか」

「いや。いいよいいよ。今、お客様だからね」

「じゃあ、お客様の方はボクが叩きましょう」いつのまに来ていたのか、おれのうしろに立っていたボーイ・タレントが、おれの肩を叩きはじめた。

「すまんね。じゃあ、やってくれる」係長はそういって、おれに苦笑して見せた。

タレントたちに肩を叩かせるために、自分の肩を叩いて見せたのだ——と、おれはそう判断した——そしてそれは、おれに自分の威信を見せつけてびっくりさせるためだ、そうにちがいない——。

タレントたちはけんめいになって、係長とおれの肩を叩き、揉みほぐしはじめた。始終やっているのかなかなか堂に入ったもので、本職の按摩《あんま》そこのけの腕前である。

「君たち、ぼくの肩を揉んだってなんにもならないんだよ」と、係長がタレントたちにいった。「ぼくは営繕局の人間だからね。君たちをドラマに出してやることなどできない。もしぼくがチーフ・プロデューサーだったとしたって、番組制作は二十年前からほとんどEDPS（電子計算機構）にまかせてある。番組技術システムって奴だ。だからタレントの選定だって、IBM98700がやるんだ。知らないはずはないだろう」

「とんでもありません。ボクたちはそんな下心があってやってるんじゃありませんよ。あ、靴を磨きましょうか」

「いや、以前磨いてもらったら、靴に傷がついた」

「いちどボクたちにやらせてください。うまいんです」

「じゃあ、やってくれるか」

タレントたちは、係長とおれの靴を磨きはじめた。ちゃんと道具を用意していた。靴を舐めるほどの気の入れようである。

「台本や演出も、電子計算機がやるんですか」と、おれは係長に訊ねた。

「台本はやりますが演出はやりません。われわれの放送するドラマその他は、ご覧になっておわかりのように、ほとんど演出が不要なのです。固定した明るい照明、また正面からの構図、これらは何年も前から型ができていて、完成されたものになっています。タレントたちもみんな、自然に公共放送的演技を身につけますから、へたに演出するよりあぶなげがありません」

そのまま聞き続けていたとしたら、おれは必ず何か係長の気に入らぬことをいい出したにちがいない。あわてて話を仕事に戻した。

「上層部のかたたちは、あの設計図のどこがお気に召さないんでしょう」

「もっと機械化したいらしいですね。あなたにも考えてほしいんですが、スタジオ全体を圧搾昇降機にするというのは可能でしょうか。スタジオに人間が集まるのではなく、人間のいる所へスタジオがやってくるという理屈ですね。たとえば地下でセットを組み、一階で小道具を据え、二階でタレントを乗せ、さらに調整室のある階までスタジオが昇ってくるという具合にすれば、局の人間の手間がだいぶ省けるのですが」

「理論的には可能でしょうが、技術的にはもっと研究いたしませんと、何とも申しあげ兼ねます」

「研究してほしいのです。それから今日来てもらったのは、センター・ビル西4号の昇降機の調子がおかしいので、ぜひ点検してほしいのですが。悪い場所がわかれば、すぐ修理工を寄越してください」

「わかりました。では早速」おれは立ちあがった。これ以上靴を磨き続けられては、革がすり減ってしまう。

「これは点検許可証です」係長は一枚のカードをおれに渡した。「警備係員から提示を求められた時に出してください」

おれは係長に礼をいってから、その徘徊許可証を受け取り、ロビーを出た。

建物の西側へ行こうとして長い廊下を歩いていると、ドアのひとつが開いて、だしぬけに昨日の徴収係が出てきたので、おれはとびあがるほどびっくりした。その部屋はどうやら徴収係の研修室らしく、彼のあとからも徴収係らしい男たちがぞろぞろ出てきていた。いちばん先頭をこちらへやってくる昨日の徴収係は、指導員らしい男と歩きながら何か話しあっていた。

おれは反対側にあるドアをあけて、そのうす暗い部屋へとびこみ、ドアを細く開いて彼らの話に聞き耳を立てた。

「テレビで訴えかければ、われわれが徴収に出向くことも不要だと思うのですが」と、昨日の徴収係が不服そうに言っていた。「直接訴えかけるのが具合悪ければ、サブリミナル・パーセプションでも何でもやって……」

「君。集金に行くのもセンターのサービス事業のひとつなんだよ」と、指導員らしい男がいった。「ほんとはやらなくったって、たいていの家庭は銀行から受信料を自動的に払い込んでくれるから、それだけでセンターの費用は充分過ぎるほど賄える。集金に出かけるのは、センターのいわばポーズであって……」

彼らが去ったので、おれは部屋を出ようとした。出がけに部屋の中をふり返ると、そこは部屋ではなく、大きなスタジオをはるか下に見おろす、サスペンション・ライトやボーダー・ライト操作用の細い廊下だった。おれはパイプの手すり越しに下を見た。眼がくらんだ。スタジオまで充分二十メートルの高さがある。スタジオではドラマをやっていた。

傍らの暗闇で、何かがごそっと動いた。振り向いて眼をこらすと、壁にぴったりくっついて床に尻を据え、ひとりの男が紙包みを抱くようにして何か頬ばっていた。さらに近寄ってよく見ると、人気上昇中の新人タレント若草五郎だ。

「こんなところで何をしてるんですか」おれはびっくりして訊ねた。

「食事です」と彼は答えた。

彼ががつがつむさぼり食っているのは、子供でさえそっぽを向きそうな、とうもろこしで作った安もののふかしパンだ。

「食堂で食べりゃいいのに」

おれがそういうと、彼はかぶりを振った。

「食堂のものは高価《たか》くてとても買えません。下町でこれを買ってきてスタジオの隅で食べようとしたら、先生《ディレクター》が、芸能記者に見つかるからここで食べてこいとおっしゃったんです」

「あなたの収入は、そんなに少ないんですか」

彼は答えなかった。

「ここのギャラが安いことは知っていますが」と、おれはさらにいった。「あなたなら、よその局や何かでアルバイトすれば、いくらでも収入は増えるでしょうに」

「とんでもない」と、彼はいった。「絶対にそんなことはできません」

「禁じられているのですか」

「禁じられている以前に、まず他局では使ってくれません」

「なるほど、協定があるんですね。というより、センターの圧力といった方がいいかな」

「あなたはまさか」彼はぎょっとしたように、おれを眺めていった。「民放のスパイじゃないんでしょうね」

「いいや。そうじゃないよ」

彼はふたたび、鼻息荒くふかしパンにかじりつき、とうもろこしの粉をあたりにまき散らしながらむさぼり食いはじめた。しかし食べながらも、彼の眼は野心と名声欲で、ぎらぎらと獣のように輝いていた。

おれはドアからふたたび廊下に出た。

西4号エレベーターに乗ってみると、たしかに調子が悪かった。圧搾速度が遅いので昇降がのろい。一階分の昇降に十秒も二十秒もかかる。圧搾メーターの針と腕時計を見くらべながら、地下六階から最上階の二十八階まで、二、三回往復した。昇降機の上部と下部の圧力の差が三気圧すれすれである。ターボを修理しなくては駄目だ。

降下している途中、ゴンドラが十四階で停った。誰かが停めたのかなと思っているとドアが開き、重役らしい男が乗ってこようとしたので、おれは彼にいった。

「この昇降機はちょっと具合が悪くて、のろのろとしか運行しません。他のに乗ってもらえませんか」

「かまわん。早くドアをしめてくれ。うしろから追ってくる奴がうるさいんだ」彼はおかまいなしにゴンドラに乗りこんできた。

「まあ、待ってくださいよ局長」ペコペコしながら局長を追って乗りこんできたのは、なんと内閣官房長官だったので、おれはびっくりした。「ここでそんなに、にべもなく断わられると、わたしの立つ瀬がありません」

局長は苦い顔をしたまま官房長官には答えず、わたしを顎でうながした。「かまわんから、三階へやってくれ」

わたしはドアを閉め、三階へのボタンを押した。ゴンドラはゆっくりと下降しはじめた。

「たのみますよ、局長」官房長官はおろおろ声だった。「こんどの選挙は苦戦なんです」

「所信表明演説はお断わりです」局長はぶすっとした声でそう答えた。「郵政省がこちらの承諾もなしに勝手に作った資料では、ちゃんと、公共放送の社会的機能として、教養機関的機能、教育機関的機能、報道機関的機能、娯楽機関的機能の四つがあげられている。しかし演説――選挙演説というものはあきらかに言論機関的機能に属するもので、四つのうちのどれにもあてはまらない。商業放送（民放のこと）の場合はこの他に広告媒体的機能というのがあるがね」

「金は出します」と、官房長官はいった。「五億円でどうですか」

局長は苦笑した。「センターへは、黙っていても一日に十八億の金が入ってくる」

「しかし、金はあり過ぎて困るというものでもないでしょうが」

局長は苦笑を続けたままでいった。「金をもらう。よろしい。テレビで所信表明演説をやる。まあよろしい。しかし、それだけで済みますかな」真顔に戻り、彼は官房長官を睨みつけた。

「駄目です。お断わりします。もう何をいわれても無駄です」

三階に着いたので、おれはドアを開いた。

「どうかこのまま、お帰りください」局長は官房長官にそう言い、おれに向き直っていった。

「長官を一階までお連れしてくれ」彼は廊下へ出た。

「明日また、郵政大臣をつれて参上します」官房長官があわててそう言った。

「総理が来たって駄目だね」局長はふり向きもせずに去った。

おれがドアを閉めると、官房長官は地だんだをふんでわめき散らした。「何てことだ。今の会長を任命してやったのはこのわしだぞ。くそ。その恩を忘れおって。ええい。飼い犬に手を嚙まれた」一階に着くと、彼は罵声をあげ続けながら降りていった。「人道地に堕ちたり。犬めイヌめ疥癬《かいせん》犬め。犬あっち行け」

おれはもういちどドアを閉め、さらに下降した。最下層でターボの具合を見ようとしたのだ。地下六階へ来て廊下へ出、さらにターボ室へ降りる階段を探し、あたりをうろうろした。

やっと階段を見つけ、両側が壁になった幅五十センチくらいの細い階段を約一階分降りると、おどろいたことにはその階にも大きな廊下が長く伸びていて、両側にドアが並んでいた。地下七階があるなんてことは、案内板には書いてなかったので、最初は機械室かと思ったが、どうもそのようには思えない。廊下にはいちめん絨緞が敷きつめてあるのだ。

おれは恐るおそる、手近かのドアを開いた。

すごく広い部屋だった。部屋の中にも毛のながいふかふかした絨緞が敷かれていて、ストーブが燃えていた。でかいソファと、ダブルベッドとグランドピアノがあり、ソファの上にひとり、ダブルベッドの上にふたり、ピアノの上にひとりそれぞれ裸の女が寝そべっていた。さらにもうひとりの裸の女は、グランドピアノの足にくくりつけられていて、浅黒い肌をした全裸の男が濡れタオルで彼女を力まかせにひっぱたいていた。裸の女五人のうち三人はおれにも見おぼえがあった。ちょいちょいショーに端役ででる踊り子だ。

おれがあきれて立ちすくんでいると、男がふり返っていった。

「何か用か」

おれはあわてて徘徊許可証を出し、彼に示した。「営繕局の下請けの者です。こんど新センター・ビルを作るので、その参考にあちこち点検して歩いているのです」

「なるほど」彼はソファに腰をおろした。「こんどのビルにも、ここのような演技指導室は作ってくれるんだろうな」

彼はそういってタバコを出した。ソファにいた女がライターで火をつけてやり、ピアノの上にいた女がおりてきて、タオルで彼の胸の汗を拭いはじめた。

「この部屋の名称は、演技指導室というのですか」と、おれは訊ねた。

「表向きはな」と、彼は答えた。「おれはディレクターだ。だけど実際問題として、タレントに演技指導などしてやる必要は少しもない。しかし見ればわかるだろうが、演技指導室というのはこの通り必要なのだ」

「わかりました」おれは部屋を出ようとした。

ディレクターがうしろから声をかけた。「どうだ。ひとり抱いて行かんか。局員クーポンが一枚余っているんだ」

ダブルベッドの上のふたりの女が、おれにウィンクした。

「いや、少し先を急ぎますから」おれはわざと平気な顔をして部屋を出た。出てからしばらくは歩きにくかった。

やっとターボ室を見つけ、おれは西4号昇降機のま下にあたる小部屋の中に入って機械を点検した。工具を持っていないので機械の中を覗くことはできなかったが、どうやら羽根車が壊れているらしく音が悪い。

それ以上そこにいてもしかたがなかったので、おれは部屋を出ようとした。

ドアの手前で靴さきに鉄板が触れ、かちりと鳴った。眼をこらすと鉄の上げ蓋らしい。何だろうと思って鐶に指をかけてはねあげると、鉄梯子が下へおりている。

おれのいいところは好奇心の強いところだが、悪いところも好奇心の強いところだ。

「あっ。梯子だハシゴだ」

おれはパイプの梯子をつたって、さらに地下へ降りた。地下八階というわけである。この分では秘密の地下室があと何階あるかわかったものではない。その階にもやはり広い廊下があって四方へ通じていたが、ここはB7ほど豪勢ではなかった。床はコンクリートで、天井にはむき出しの蛍光灯が点いている。両側にはやはり、小さなドアが並んでいた。

おれはいちばん端のドアをそっと開き、中をのぞきこんだ。すごい悪臭が鼻をついた。二坪ほどの部屋の中央に、男とも女とも判断しようのない人間が、敷かれた莚の上にぺったりと尻を据え、隅に置かれた旧式の十四吋テレビの画面を喰い入るように見つめている。髪は腰のあたりまで伸び、垢だらけの顔には一面暗い紫色の腫瘍の痕が噴火口のように咲き誇っていた。着ている寝巻らしいものはぼろぼろで、雑巾よりひどい。帯は荒縄だ。食器のようなものが二、三投げ出されていたが、そのひとつには腐りかかったトマトと大便とがいっしょに入っていた。部屋にはパイプ製の小さなベッドもあったが、その上の毛布にも糞尿がこびりつき、しみこんでごわごわしている。部屋の別の隅にはうず高く大便が積りかさなり、何層にもわかれて白くひからびていた。

あまりの匂いのひどさのため、眼がしくしくと痛みだしてきたが、我慢してなおもよく見ると、その男とも女とも見わけのつかない人間の見ているテレビの番組は、もう十年ほど前に放送された、程度の低いドラマだった。こんなものが再放送されるわけがない。もういちどその人間の顔をよく観察しておれは息を呑んだ。十年前、テレビ・ドラマで主役を演じた珠その子ではないか。彼女が夢中になって見ているのは、十年前に彼女自身の演じた連続テレビ・ドラマ『お加奈はん』で、どうやらこの部屋だけに放送しているらしい。連続テレビ・ドラマが終ったあと珠その子は、ぜんぜんテレビのスクリーンに顔を見せなくなったので、どうしたのかと思っていたのだが、まさかこんなことになっているとは思わなかった。彼女のあまりの変りようの凄まじさに、おれは眼を見はった。

ぽっと出のタレントが何かのはずみで大役につくと、人気が出るのも早いかわりに消えるのも早い。他の役で出ようとしても、前の役のイメージが強すぎてぴんと来ないのである。視聴者に違和感をあたえるのだ。喜劇に出たタレントなどなおさらそうで、シリアスなドラマになどとても出られない。使い捨てである。

その上たいていのディレクターは、他のディレクターやタレント・スカウト部が発掘してきたタレントを嫌うのだ。だがセンターとしては、タレントを苦労して発掘した手前、お払い箱にして民放に使われるのも癪だし、クビにして乾したりすると芸能誌がうるさい。だからこんなところで飼い殺しにするのだろう。

おれは他のドアも開いて見た。

『乃木大将』を演じた赤坂良彦が糞尿にまみれて中風《よいよい》になっていた。『希望の丘』に出た岡崎靖子が自分のドラマを見てヒステリックに笑いころげ、着物の裾を腹の上までまくりあげてのたうちまわっていた。気が違いかけているらしい。『恋する一家』の市川みきは、やはり若い頃の自分が出ているテレビを見つめながら、全身の皮下にできた疔《ちょう》らしい腫れものを、爪ののびた指さきで、のべつまくなしにぼりぼり掻きむしっていた。かさぶたが白い粉になり、部屋中を舞いおどっていた。顔の皮膚もいちめん薄墨色だ。

どの部屋のテレビも、それぞれそこにいるタレントが昔主役をしたり出演したりした番組を放送していた。つまり部屋ごとに違うわけだ。見ているタレントの方では、現に今、自分の見ている番組が同時に全国へ放送されていると思って喜んでいるらしい。だからこそ、こんなところに閉じこめられていても納得しているのだ。

センターは新人タレントを発掘してつぶす――これはもう二十年前からいわれてきたことだが、こんな地下室まで作ってタレントたちを飼い殺しにしていたとは知らなかった。

いったいどういう方法で、外部に洩れないようにタレントたちを納得させ、こんな大がかりな姥捨て山を作って閉じこめることができたのか——センターのやり方の巧妙さと、その非人間的なやり口に、感心したり憤りを感じたりする以前に、おれはすっかりあきれてしまった。

あきれながら廊下をうろうろしていると、二十メートルほど前方の角を曲がって、兵隊のような服装をした男がふたりこっちへやってきた。警備員らしい。何となくどきっとして、おれは立ちどまった。立ちどまったついでに、くるりと方向転換して歩き出した。

「おい、君。待て」うしろからかん高い男の声がとんできて、高い天井にくわあんとこだました。

おれは駈け出した。徘徊許可証を見せただけで許してもらえるかどうかわからなかったし、おそらく許してはくれまいと思ったからである。

「こらっ。待たんか」

「待たんと撃つぞ」

彼らはそういうなり拳銃を発射してきた。銃弾がおれの肩をかすめてびゅんと飛び去った。こんなところで射殺されてはたまらない。おれはしかたなく立ちどまり、両手をあげてふり返った。ふたりの警備員は拳銃を構えたまま、そろりそろりとこちらへ近づいてくる。彼らとおれとの間の距離はまだ二十メートル以上あり、両側にはずっと小部屋のドアが並んでいる。

おれは割れんばかりの声をはりあげて叫んだ。「タレントの皆さあん。ただ今よりカメ・リハを行ないます。大いそぎで集まってくださあい。早い者勝ちです」

たちまち、わっとばかりに両側のドアが開き、おどろおどろしい恰好のタレントたちが、寝巻の裾を蹴ちらしてとび出してきた。中風《よいよい》の赤坂良彦までが出てきた。しめたとばかりおれは向きを変え、パイプの梯子がある方へ走りながら、わたしについてきてください、先着順ですとわめきちらした。彼らは物の怪《け》のような喊声をあげ、おれを追ってきた。警備員たちはタレントにあたるといけないから拳銃を撃たないはずだ。撃ったとしてもおれにはあたらない。タレントにあたる。

タレントというよりは、怪物といった方がいい——やっとたどりついた鉄梯子をよじ登りながら彼らの姿をふり返って見て、おれはあらためてそう思い、ぞっとしてふるえあがった。あんな連中に追いつかれては事だ。

がくがくと顫える膝をパイプにからませながら、おれはようやく機械室に出た。部屋を走り出て、階段を駈けのぼった。地下六階からは昇降機に乗ろうかとも思ったが、もしも昇降機が上から降りてくるのをのんびり待っていて、あの糞尿にまみれた皮膚病の怪物の大群に追いつめられ、昇降機のドアの前で押しつぶされたりしたらたいへんだ。そう考えただけで顔から血の気がひいた。おれはあまりの恐ろしさに、突然催し始めた尿意をせいいっぱいこらえ、ひいひい悲鳴をあげながら、地上一階までの階段を駈け続けた。うしろから、地獄の亡者そこのけの姿で追い続けてくるタレントたちの先頭は、おれからほんの十段と離れていないのである。

ともすれば抜けそうになる腰をたて直し、おれはやっと一階へたどりついた。階段室を出たところは、さっきおれが上から見おろしたあの大きなスタジオだった。おれは躊躇せずスタジオに駈けこんだ。フロアーには例の微温的ホーム・ドラマの明るいセットができていて、アシスタント・ディレクターやカメラマンや、若草五郎その他十数人のタレントたちが、本番五秒前の凝固をしていた。おれがカメラマンの前を駈け抜けると、カメラマンたちが怒ってこらと叫んだ。しかしおれに続いてフロアーへなだれこんできた化けものの群れを見て、たちまち彼らは悲鳴をあげた。

一瞬にしてスタジオは大騒ぎになった。珠その子はばさばさに振り乱した頭髪から毛虱をあたりへまき散らし、セットに駈けあがって失神寸前の新人女優を蹴落した。市川みきはすっかり主役気どりで若草五郎に抱きつき、彼の額といわず頰といわず唇といわず、接吻の雨を降らせ始めた。彼女の顔いちめんの腫れものがぐしゃぐしゃと潰れ、蒼白いねばねばの腫は若草五郎の顔にたっぷりと粘りついた。若草五郎は口から泡を吹き、痙攣しながらぶっ倒れた。少し遅れてやってきた中風《よいよい》の赤坂良彦はカメラの前に棒立ちになり、ろれつのまわらぬ舌で乃木大将の歌をうたいはじめた。他のタレントたちも、あるいはアシスタント・ディレクターにしなだれかかり、あるいは歌い、あるいは踊ったりひっくり返ったりし始めた。

いつまでもこんなところで、うろうろしてはいられない——おれはやっと別のドアを見つけ、そこからロビーへ駈け出した。新人女優ふたりがおれといっしょにスタジオから逃げ出してついてきた。おれをディレクターだと思いこんでいる例の化けものたちが数人、さらにおれたちを追ってロビーに走り出てきた。ここでもたちまち悲鳴の渦がまき起こった。悲鳴をあげ続けながらおれと並んで逃げていた女優は、恐ろしさのあまり走っている途中でだんだん気がちがってきて、最後にはけたけた笑いながら駆け続けた。

おれは正面玄関から屋外へ走り出た。続いて怪物たちも、その醜怪な姿を陽光の下にさらけ出し、この世のものとも思えぬ叫び声をあげながらなおもおれに追いすがってきた。どこまで追ってくる気なのか、彼らの執念のあまりのものすごさには、おれでさえ発狂寸前だった。

アベックの多い附近の通行人たちは、仰天して逃げまわった。怪物の中には、どう思ったのかおれを追うのをやめて逃げて行く通行人を面白がって追い出した奴もいた。可哀想なのは、だしぬけに今まで見たこともないようなバイキンの塊りの化けものに追いすがられた何も知らない通行人で、彼らは生きた心地がしなかったに相違ない、気絶する者が続出した。

また、怪物の中には色情狂に近い奴もいて、恰好のよい異性を見かけては追いかけ、背後からすがりついたりしたものだから、ますます大さわぎになった。おれはやっと渋谷駅近くまで逃げのび、流しのタクシーにとび乗って難をのがれた。しかし神田にある会社へ帰ってくるまで、おれの身体からは顫えがとまらなかった。

次の日の朝刊には、さっそく大きな記事が載った。

代々木で白昼のルンペン騒ぎ

――じつはテレビ映画のロケ――

十九日午後四時ごろ、いきなり代々木の放送センターからあらわれた男女のルンペン約十人が、附近の通行人に抱きつくなど乱暴をはじめたので大さわぎになった。

じつはテレビ映画のロケだったのだが、ルンペンに扮したタレントたちが相手役をまちがえたのと、その扮装やメークアップがあまりにも真にせまりすぎていたため、すわ不良ルンペン組合の革命かと、一時は警官隊まで出動するさわぎになった……。

どうやら真相をうまく揉み消してしまったらしい。さすがセンターだけあって、すごい政治力である。

あの化けものたちがその後どうなったか、おれは知らない。また、知りたくもない。

二カ月ほどして、また代休をとったおれが家にいると、以前と同じ徴収係がやってきた。

「テレビの受信料をいただきにまいりました」彼はそういいながら、おれの顔を見てにやりと笑った。

それで充分だった。

おれは受信料を支払った。

旅

「やはり、このおれの不細工な姿が、奴らから見たおれの姿なのか」

コンは大八車を押し続けながら、自分の手の甲と腕に密生した栗色の粗い体毛をつくづくと見、また、そう考えた。そう考えるのもすでに何十度めかである。

他の三人の仲間の主観が、コンから何かを連想し、それら三つの思考感情が混沌としたヘニーデ状の意識野から抽出され、中央コンピューターの入力結線網へパターン化されて入ったのである。それは数字の羅列に置換され、薄膜の固体回路中を駈けめぐる。調整された方程式が帰還結線網に入ると、それに相当する認識パターンが答えとなって出力結線網に入り、それは培養液に浸っているコンの大脳に刺戟をあたえ、コン自身に、自分をそのものとして認識させるのである。コンの場合、コンピューターとの共感覚によって認識できたものは、サルだった。

「おれのどこがサルに似ているというんだ。腹が立つ」吐き捨てた。

たしかに、自分自身の肉体を持っている頃のコンの顔は、多少サルに似ていたかもしれない。しかし人間の顔というものは、誰しもある程度サルに似ているものだ。だからコンだけがサルになったということには、他の三人に、それなりの理由があるはずだった。

しかし本人には、そんな理由は絶対にわからないのかもしれなかった。

たとえばリーナ――彼女は今イヌの姿になり、大八車を前でひっぱっていた。彼女は雌犬だ――それが男たち三人の、彼女に対する評価であったらしい。しかし、コンの目にも、イヌになった自分の姿に彼女がショックを受けている様子がはっきりとわかった。――わたしはどうしてこんな姿にならなければならないんだろう。たったふたりの男と、同時に浮気をしたという、ただそれだけなのに……。

人間というものが、他人の罪に対してはいかに寛容でないか――コンはまた、苦々しくそのことを思った。こんなことをして、いったいどうなるというんだ――コンは舌打ちした。われわれ四人の仲を、ますます悪くするだけではないか――コンには、時間管制庁法務官たちの気持がわからなかった。むしろ彼らの常識を疑いたくさえあった。それはもちろん、死刑になるよりはましだった。だが、他にもっと、いい方法がありそうなものだと思えた。納得のいくまで四人を喧嘩させることにより、お互いを理解させる――そんなことが可能だろうか、人間の心理なんて、そんなに簡単に操作することができるのか、そんな大まかなやり方で、人間同士の憎悪が理解にまで深まるだろうか、いや、むしろ相手の精神構造を理解すればするほど憎みあうのではないか——コンはそんなことを考えていた。

　大八車は弦上村に入る小川の橋にさしかかった。

「村が近づいたぞ。もうひと息だ。頑張れ」

　自分は何もせず、大八車の横をぶらぶら歩きながらピーチ・サムがいった。彼はよれよれの単物を着て、腰には荒縄を巻いていた。認識パターンが人間だったのは、この男だけだった。髭がのび、髪は乱暴に束ねていて、いかにも薄ぼんやり然としてはいたが、眼だけはサディスティックな形に吊りあがっていた。唇の縁には唾液の泡が溜っていた。

　この男だけは、皆が恐れている——と、コンは思った。怒りに狂うと、このピーチ・サムという男は兇暴になる、だから彼に対してだけは、三人とも、連想を控えめにしたらしい、意識的に悪口雑言を浴びせることはできても、いざとなれば、無意識の中に抑圧されていた恐怖が思考感情の飛躍をさえ妨げるのだ——と、そう思った。

　大八車は重かった。

　コンは汗を流し続けた。車の上には判金や丁銀のぎっしり詰った銭箱、刀剣甲冑、絹織物その他の高級繊維製品などが積みあげられていた。盗賊どもの留守をよいことにその本拠を襲い、掠奪してきたのである。

村へ戻ってきた一行を見て、野良帰りの若い農夫が眼を丸くし、ひと足さきに部落へ駈け出しながら大声で呼ばわった。「おうい、大変じゃ皆の衆、桃太郎がどえれえお宝を持って帰ってきおったぞ」

弦上村郷士の悴桃太郎三十五歳——生まれついての暴れ者である。この年飢饉があり、農民は餓えに苦しみ、あちこちで一揆があり、野盗が跳梁した。弦上村もたびたび野盗の群れに襲われ、食料を強奪されたが、それでも他の村に比べれば被害は少ない方だった。もっともこれらのことは、コンたちが中央コンピューターの仮宿体エフェクト機構の刺戟を受ける前に起こっていたことである。

四人が時間管制官だった時、ピーチ・サムは隊長だった。だから桃太郎になったピーチ・サムが掠奪に行くため全員に召集をかけた時、それぞれイヌ、サル、キジの姿になっていた昔の部下三人は、直ちに彼のもとへ駈けつけなければならなかったのである。もちろんこれも、法務官たちが中央コンピューターにプログラミングさせたプロットだった。もっともそのプロットは、四人の自我の和と中央コンピューターが有機的に作用しあえるよう、可変性を持たされていたのだが。

盗賊たちの本拠は馬背川下流の大きな三角州にあり、それは三角州というよりは島に近かった。盗賊たちは出稼ぎに行って留守、いたのは盗賊の情婦たち——盗賊どもがあちこちの村から攫ってきた娘たちだけだった。ピーチ・サムは彼女たちを片端から餓えたように犯し、狂ったように虐殺した。ロレンゾまでが、まだ生きている女どもの眼に鋭い嘴を突き立て、その眼球をほじり出したりした。あのふたりは嗜虐症だ——コンはそう思った。コンとリーナは虐殺には手を貸さず、ただ、目ぼしいものを掠奪して大八車に積みあげただけだった。あの虐殺も、コンピューターから受けた刺戟によるものだろうか——いやいや、きっとそうではあるまい、と、コンは思った——あれがきっと、ピーチ・サムとロレンゾの本性なのだ、あんな奴の部下になって、今までよく生きていられたものだ——コンは身を顫わせた。

紺野正治。

蒸発時の年齢、二十九歳。蒸発時の職業、会社員——詳しくは東洋電化機器販売株式会社総務部経理課長

略歴。西暦一九三七年五月生。埼玉県浦和の小、中、高校を経て明教大学経済学部入学。在学中、東洋電化機器販売株式会社社長岡倉三十夫の長女真紗子と知り合う。卒業後、同女と結婚。同社に入社。一九六三年長男誕生。一九六四年課長に昇進。一九六五年長女誕生。一九六六年、蒸発。

「こんにちは。どなたもいらっしゃいませんか」

行商人のような感じのするその男が、経理課の部屋へ入ってきたとき、課員はみな昼食に出かけていて、室内には課長の紺野しかいなかった。

「誰もいないことはないさ」紺野はむっとしてそういった。「ちゃんとここに、おれがいるじゃないか」

紺野は不機嫌だった。最近特に、何でもないことにわざとひねくれた言いかたをしなければ気のすまない自分に厭気がさしていたので、そういってしまってから、ますます不機嫌になった。以前は、他人の言ういや味のために不機嫌になったものだった。いや味をいう人間を馬鹿だと思い軽蔑した。顔つきはあくまでにこやかに、しかもへらへら笑いながらいや味をいう人間には、殺気さえ感じたものだった。だが、彼らにいや味を言い返せば、自分を彼ら同様のところにまで落としめることになると思い、面と向かっていや味を言われても黙っていた。だが、最近、それでも駄目なのだということに気がついた。驚くべきだが、いや味をいうような人間は、喋りながらも、自分ではそれがいや味だと気がついていないのである。だからこそ、相手を傷つけても平気なのだ。自分もいや味を言おう——紺野はそう決心した。やっと得た地位を維持しようとすれば、世間とはつきあっていかなければならなかった。世間とのつきあい——紺野にとって、それはいや味の応酬を意味した。

「何か用があるのか」と、紺野は男に訊ねた。

「紺野正治さんですね」

紺野はあわてて読んでいた週刊誌を机に伏せ、じろじろと男を眺め、警戒するような口調で答えた。「そうですが、何か。あなたはどなたです」

「わたしは蒸発屋です」と、男はいった。

蒸発屋——実は時間管制第三十二局長——それは、のちの紺野たちの局長だった。

あの局長は、まったく何を考えているのかわからない男だ——コンはいつもそう思う。眼は青味がかった黒眼で、常に何か眼の前にある物体を睨みつけているように見える強い視線の持ち主だった。法務官により、死刑を言いわたされたコンたちの弁護をしてくれて、流刑というアイディアを法廷へ提出したのもこの男だったのである。

「流刑といっても、時間的空間的意味での流刑ではありません」局長は法務官にそう説明した。「いわば心理劇《サイコ・ドラマ》による精神的流刑です。われわれにとっては今後の役にも立つアクション・リサーチといえましょう」

被告席——テレプロセッシング・システムの装置の前の、照明体を内蔵した丸いネサ・ガラスの台の上に立っている四人の被告を指さし、局長はさらに言った。「彼らの精神機構は、ほんの少しの刺戟で心因性反応を示すほど融通性がなく、しかも感情転嫁が激しいのです。四人とも二十世紀人ですから、快感原則のすべてを現実原則に向けて内部改造をおこなう方法を知りません。だからこちらで動機《モーチベーション》づけしてやり、コンピューターと彼らの大脳を共感覚機構《コンコミタント・センセーション・システム》で接続してやり、あとは彼らの自由連想にまかせ、時折り経過を見てはその因子分析をし、さらにまたこちらの思う通りの刺戟をあたえてやればよいのです」

被告席をはるか十メートルほど下に見おろす、デトリオ効果を使った法務局ドームの内壁の法務官席で、法務長官は唸るような声で局長に訊ねた。「その間、彼らの肉体はどうするのです」

「大脳をとり出した彼らの肉体は、もちろん、『眠りの星』の南半球で冷凍にして保存しておきます」

当然、その刑には刑期というものがなかった。刑という言葉からはあまりにもかけ離れたものだった。永久に近い時間というもの、絶対に卒業証書など貰えそうにない、一種の教育だったのである。

一同が盗賊たちの本拠から宝を奪い、桃太郎の邸へ戻ってきてから五日経った。衣類や武具を売り払うでもなく、大判小判で豪遊するでもなく、ピーチ・サムたちは荒れはてた大きな邸の中でごろごろと寝て暮した。

奴、ただ虐殺するだけが目的だったのだ——日が経つにつれ、コンはそう確信せざるを得なくなった。

コンたちはけものの姿なのだから、金を使って遊び歩くことはできない。だからピーチ・サムが掠奪品をどう処分しようと、コンたちには関係のないことだった。リーナもロレンゾも、宝の山には見向きもしなかった。衣料品さえ家の中へ運び込もうとせず、ピーチ・サムは、盗品を満載した大八車を庭さきに抛っておき、雨が降ってもそ知らぬ顔だった。

四人は互いに話さなかった。互いの考えは自分たちの姿さえ見れば、いやというほどよくわかるのだし、この上諍いをくり返したところでどうなるものでもないということも、よく知っていたからである。コンは特に、イヌの姿のリーナと視線をあわせることを避けた。愛撫しあった肉体の持ち主が、痩せこけた雌犬の姿に変っているのを見ることは、その責任が自分にもあるのだと知っているだけに辛かった。また、リーナも同じように感じているはずだと、コンには思えた。

広崎梨那子。

東京生れの東京育ち。大学在学中に数人の男子学生と関係を持ち、男たちの恋のさやあてを見るのに厭気がさして、第一回目の蒸発——東京を逃げ出し、京都のアルサロに働く。数人の客と関係を持ち、その中のふたりから結婚を迫られている最中に、第二回目の蒸発——。

「これが君の同僚だよ」彼女の蒸発を助けた蒸発屋——実は時間管制第三十二局長は、彼女を三人の男に紹介した。「ピーチ・サム。これが隊長だ。それにコンとロレンゾ。君も今から、当世風にリーナと名乗りなさい」

たとえ試行錯誤をくり返しながらでも、自我の方向づけを自分で制御できるようになった三十二世紀の人類は、ついに深層心理の自己検閲にさえ成功した。しかし主観的長時間の時間旅行——特に違法時間旅行者を取締ったり、旅行者に指示をあたえ初心者を誘導してやったりする時間管制の仕事をするには、あまりにも彼らの肉体は虚弱になってしまっていたし、その精神動態の均衡は不安定で、力の場の構造も繊細に過ぎた。時間旅行の際の空間濃度の変動は、肉体的に虚弱な旅行者の場合は、彼の、伝達を司る脳髄器官を、たとえばストルヒニン蛙の脊髄中枢のように特別な化学的状態におく結果になり、また阻止作用を持つ高次の中枢の影響からも解離させ、いわば彼を一種のヒステリー状態にさせてしまうのだ。

そこで彼らは、一種の肉体礼讃と精神主義が歴史上最後に復活したと思われる二十世紀へ出向し、管制官希望者を募ったのである。

四人ひと組の二十世紀人時間管制隊は、コンたちの小隊の他にも百六十九の小隊が編成されていた。彼らはそれぞれの小隊附属の重力波生成室から、時空伸縮効果の加減操作によって異なった空間の膜質の中に入り、その定常時間紐をたどって過去の各時代へ遡行し、巡察を行っていた。ただ、隊員の不足のため、未来世界のパトロールをやるほどの余裕まではなかったのだが。

数カ月の実習ののち、コンたち四人はこの仕事を、約三年間続けた。

しかし……。

縁の下の日蔭にうずくまっていたコンは、ふと、農民たちの騒ぎ、逃げまどう声に頭を起こした。耳を立て、後肢で立ちあがった。

「来たぞお」

「盗賊どもが、仕返しに来おったぞお」

十騎以上はいると思える馬蹄の音が街道に高鳴り、それは桃太郎の邸の方へ近づいて来つつあった。縁側に寝そべっていたピーチ・サムが眼をどす黒く光らせ、縁板を軋ませて立ちあがった。庭へおり、大八車から赤柄の槍を一本とり、二度しごいた。

「仮宿体を実在のものと思え」コンは、脳の切開抽出手術を受ける前の、局長の注意を思い起こした。「それぞれの仮宿体のイメージに肉付けを施し、お前たちの知覚に徹底した認識をさせるにはながい時間がかかるのだ。永久ともいえる時間だ。その世界は、ある意味で実在の世界だ。現実だ。お前たちがそこで死ぬ時、お前たちの前には、本当に死んだ人間同様の、永劫の暗闇が待っていると思え。いいな」

死後の闇と静寂——それはコンにとって、さほど恐ろしいものではなかった。むしろ死ぬ直前の苦痛——それが短くてすむか長びくものかはまだわからなかったものの、とにかくその方が怖かった。

「死にたくない」

コンは立ちあがり、生籬の破れめの方へ駈け出そうとした。

「ここにいろ」逃げ腰になった部下たちに、ピーチ・サムがわめいた。「奴らと戦うのだ」

三匹のけものは、しかたなしに踏みとどまった。仮宿体を生きのびさせることよりも、隊長の命令に従うことの方が、今の隊員たちには重大だった。なぜなら、彼らが刑の宣告を受けることになったのも、もともと不服従が原因だったから——。

ここでまた命令を無視したら、次はどんな罰を受けることになるかわかったものではない——三人の隊員がそう考えたのも当然だった。ピーチ・サムにしても、隊員の統率に不充分なところがあったからこそ現在刑に服しているのだから、もしここで隊員が逃げ出すようなら、盗賊よりも先にその三匹のけものを槍で突き殺す気でいることは、隊員たちにもわかっていた。

おう、もう、どうせ死ぬのなら——そう思い、コンは引き返し、大八車にとび乗った。

ロレンゾが羽音高く街道に面した塀の高さに舞いあがり、ひと声高く啼いてすぐ舞いおりてきた。

ほとんど同時に、門を蹴破って裸馬に乗った盗賊たちが、喚声をあげて乱入してきた。いずれもざんばら髪ひげ面の大男で、大刀を振りかざし、血走った眼を剝いて——。

「だあっ」

ピーチ・サムが先頭の盗賊に槍を突き出した。穂さきは盗賊の胸さきをわずかにそれた。

「たあ」

盗賊の振りおろした刀に肩をざっくり開かれ、ピーチ・サムは絶叫して横倒しになり、地面を転がった。盗賊たちの眼球を狙ってとびかかっていったロレンゾも、たちまち白刃に羽根を切り裂かれ、地上に落ちたその上から蹄鉄で押し潰されてしまった。リーナも馬蹄の犠牲になり、ぎゃんと薄汚なく啼いて息絶えた。コンは大八車に積みあげた掠奪品の間に身を隠そうとしたところを盗賊のひとりに見つけられ、たちまちひきずり出されて刀の切先で胸を乱暴にえぐられた。

一瞬、コンの意識は数万数億の細片――記憶の断片切れっぱしの願望その他もろもろのものに砕かれて八方に飛び散っていった。もはやもとに戻ることはあるまいと思えるほどの勢いでそれらの飛沫は果てしなく暗黒の彼方へ、どこまでも離散していった。

やがて、コンたち四人の知覚に静寂が訪れた。それは虚無だった。

それがはたして、ながい沈黙だったのか、それともごく短い眠りにすぎなかったのか、何も感じることのできない四人にわかるはずはなかったが、それでもやがて彼らは等しく混沌の中に徐々に知覚の触手を拡げていった。

突然、あふれんばかりの記憶が逆流し、中央コンピューターが再生する四人の記憶がごっちゃになり、同じ内容、等しい分量の情報が彼らの大脳に伝達され、それぞれが自分の意識内容と同時に、他の三人の顕現意識も認識しなければならなくなった。恐ろしい精神の混乱が四人を襲い、培養液に浸された四個の大脳の襞が激しい刺戟にひくひくと痙攣した。

四つの反応が脳波となり、それは中央コンピューターの電気活動を司る入力結線網へなだれ込み、コンピューターは餓えたようにそれを摂取した。そしてそれぞれの反応の因子を分解し、分析し、分配し、またも情報の中へ組み込み、新しい刺戟として送り返した。と同時に、培養液成分量のテレメーターが発する警報により、次つぎと不足したアセチルコリン、セロトニン、ノルアドレナリン等を培養器に補給した。四つの脳の知覚領がはげしく養分を欲していたからである。

　四つの心の漂いがどちらに向かい、四つの意識の流れが何処へたどりつくのか、それは四人にもわからなかったし、今のところは中央コンピューターにさえわからなかった。

「どうです。蒸発する気はありませんか」

「する気はあるが……」

「現在の状態から脱け出したい。だが、逃げ出すところがない。国外に出るほどの金もない。また、死にたくもない。そうじゃありませんか」

「ま、そんなところだ」

「その上あなたは仲間を殺した。シンジケートからは追われている」

「なぜ知っている」

　ピーチ・サムの驚きとうろたえが三人に伝わってきた。

「あなたは大ものです」局長は微笑した。「あなたの指導者としての統率力を生かせる道が、他にあるとすればどうします」

「おれは大物だ」……大物だ。大ものだ。大ものだ。大ものだ……。

言葉からの連想で、ピーチ・サムの回想がロレンゾのそれに重なった。

「そうとも。びくびくすることはない。おれは大ものなのだ」

ロレンゾが、自分にそう言い聞かせていた。彼はライフルの銃把に頬を押しあて、ビルの窓から下の大通りを睨みつけていた。パレードはもうすぐやってくるはずだったし、中央のオープン・カーには大統領が乗っているはずだった。また、大統領を狙撃しようとしている男が、自分以外にもうひとりいるということも、彼は知っていた。

「だが、そいつは小物だ」と、ロレンゾは独りごちた。「捕まるのもそいつの方だ。おれは大物だから捕まらないのだ……」

喚声。パレードが近づいてくる……。沿道の人波……。

人殺しめ、殺し屋め。

呪詛に満ちた言葉が、たちまちロレンゾの心にはね返ってきた。

人非人。あなたは人非人よ。冷血動物よ。

そうだ。お前は冷血漢だ。両棲類だ。

四人の視覚中枢がロレンゾの冷たい顔を再生する。表情のない眼。半ば開いた口……。

カエル……お前はカエルだ。

コンだな——。とたんに、自尊心に満ちた心が固い殻を被った。冷たいロレンゾの怒りが、ひたひたと他の三人に浸潤してくる。

だまれ。黄色い猿《イエローモンキー》め。

猿だと。まだ言うのか……。

ロレンゾの反撃にとまどいうろたえるコンの意識を、ピーチ・サムがさらに攪乱しようとする。

そうとも。何度でもお前は猿の姿になれ。お前は猿だ。猿なのだ。おれの恋仇としてはぜんぜん相応しくない、そうだ、お前は猿だ。

なぜだ――コンの悲鳴があがる。傷つけられ、救いを求め、コンはリーナの意識を求めてさまよった。君もか……君もか……君もそう思うか――。

「なぜ、わたしが雌犬なの」

リーナがシーツの上で寝返りをうち、コンの裸の胸に頬をすり寄せてきて、恨みをこめてそう訊ね返した。その切れあがった眼尻。

コンは彼女の柔らかな白い肩さきの丸みを握り、彼女の乳房を自分の腹に押しあてた。

愛撫――そして、あの感触が甦ってきた。

ホテルの窓の外はアカプルコの海岸――。

ふん――ピーチ・サムの冷笑は轟音に近かった。――そうとも。その感触だ。おれだって知っているんだぜ。なあに、ベスと比べりゃ、たいしたことはない……。

「いや」リーナが寝返りをうち、コンの反対側に寝ているピーチ・サムにいった。「やめて。やめて」

「ベスはいい女だったぜ。お前なんかより、ずっとな」ピーチ・サムは金色に輝く胸毛を汗で光らせ、リーナを見ずに呟く。いい女だ……いい女だった……しかし……。

「やっぱり貴様か」とピーチ・サムが叫ぶ。

ドアを蹴破ってピーチ・サムが押し入ったその部屋のベッドの上に、ベスとハドソンがあわてて起きあがった。

「このチンピラめ」

「いや」ベスが顔を覆った。「やめて。やめて」

悲鳴をあげ、ハドソンがシーツの間からまろび出た。

「撃つな。助けてくれ。兄貴。撃たないでくれ……おい。ピーチ・サム。な、何をする。何をする」

自分の胸に向いているピーチ・サムの拳銃が、コンの足をすくませた。

轟音。

よろめくコンに、リーナが駈け寄って……。「コン。死なないで」死なないで……。

「あなた。死なないで。死なないで」

病床の紺野の耳に、妻の叫ぶ声が甲高く響いた。彼女はベッドの上にぐったりと横たわった紺野に抱きつき、胸にしがみつき、ヒステリックに泣き続けた。

紺野は声にならない悲鳴をあげた。やめてくれ……そ、そこは傷口だ……痛い……その手をどけてくれ――。だが、紺野は口がきけなかった。顔を包帯でぐるぐる巻きにされていた。この女には、おれへの愛情などひとかけらもないのだ――紺野は呻きながらそう思った――ただ、おれが死んで未亡人になり、世間から若後家と言われることを恐れているだけなのだ……。

「あの運転手……訴えてやるわ」妻は眼を吊りあげ、立ちあがった。「賠償金をとり立ててやるわ。勘弁してやらないわ。こ、殺してやるわ」殺してやるわ……。

「殺してやるわ」妻は眼を吊りあげ、紺野に迫った。「よくも……。よくも浮気なんか出来たものね」

「ちがう。ちがう。そのハンカチは何でもない。会社の女の子に借りただけなんだ」

紺野は廊下を階段の方へ逃げようとした。だが、妻は彼に追いすがった。

「嘘をつきなさい。じゃあ、このマッチは何よ。この口紅はどうしたのよ」言いながらも、妻は口惜しさに唇をふるわせ続け、ついに夫を怒鳴りつけた。「やっと怪我が治ったと思ったらもう早……。出て行ってちょうだい。汚ならしい。そんな不潔な人、この家にいてほしくありません。この家はわたしの家よ。あなたが課長になれたのも、誰のおかげだと思ってるの。パパに言いつけてやるわ。このことを全部パパに……」パパ。パパ。パパ。

茶の間で、去年生まれたばかりの長女がぎゃあぎゃあと泣き出した。

娘か……。社長の娘などを妻にしたのは一生の……。

「出てってちょうだい」出て行け……。

「出て行け」と、父親が叫び、ロレンゾは、小さな餓えた妹たちがぎゃあぎゃあ泣き続ける窖《あなぐら》のような家をとび出し、貧民窟の裏通りへさまよい出た。

あんな父親の家に、誰がいてやるものか……。あんな……。

どんどん道を歩き続け、あわてて前をよけようとした気の弱そうなちんぴらにからんでゆき、脅して金をまきあげ、また、どんどん歩き続け……。

「おれに命令しようなんて気を起こす奴は、誰ひとりとして容赦はしないんだ」

ほう。えらい勢いだな。本当か……。

歩き続ける彼の前に、ずい、と立ち塞がったピーチ・サムが、威圧するようにそう言った。

「あたりまえだ」ロレンゾは命令書を破り捨てた。「こんな戦場のど真中へ出て行けば、たちまち弾丸に当ってくたばっちまわあ。あんたが自分で出て行きゃいいんだ」

そこは重力波生成室――。

室外は大東亜戦争末期のガダルカナル――。

ピーチ・サムは、さらに言った。「これは命令だぞ。戦場にとびこんでしまった旅行者がいるんだ。助けてこい」

「おれに命令しようなんて気を起こす奴は……」

ピーチ・サムの巨大な平手が、ロレンゾの左頬にとんだ。ロレンゾは壁ぎわの、超伝導マグネットで生成されている強力な静磁場の漏斗式フィルターに肩を打ち当てた。

室内の四人の足が、偏動電磁石の作動で床から離れた。

「わっ」

わっ。わっ。わっ。わっ。

渦に呑まれて、四人は暗黒のヒルベルト無限次元空間の陥穽に落ち込んでいった。

わっ。わっ。わっ。わっ。

「わっ」ハドソンがシーツの間からまろび出た。「撃つな。助けてくれ。兄貴。撃たないでくれ」

ピーチ・サムのコルトが弾丸をはじき出し、銃口がはねあがった。ハドソンの額に黒い穴があった。

「許して。ピーチ・サム」ベスが哀願した。

だが、コルトの銃口は、はねあがり続けた。はじけとぶベスの、血と肉……。

「坊主になれ」と、コンがたまりかねて、リーナの身体越しにピーチ・サムに言った。

「そうだ。出家して、お前が殺した大勢の人間の冥福を祈れ」

ピーチ・サムは冷たいシーツの上に仰向きに横たわったまま、冷笑を浮かべた。しかし、その金髪は急激に脱け落ち、彼はたちまち坊主頭に変っていった。

「あなたは殺生をするから嫌いよ」リーナの裸身が寝返りをうち、コンに抱きついてきた。

「コン。あなたを愛してるわ……」

ホテルの窓の外はアカプルコの海岸——。

「ねえ。愛して。愛して。もっと愛して」

コンは彼女の柔らかな白い肩さきの丸みを握り、彼女の乳房を自分の腹に……。愛撫——そして、あの感触が……。

「リーナ。君はすばらしいよ」君はすばらしいよ……。

「君はすばらしいよ。梨那子……」

男臭い四畳半の下宿部屋——。シーツは汗とサロメチールの匂いがする。窓の外は東京の下町。夕映えのガラス窓。

「やっぱりここにいたのか。梨那子」襖ががらりと開いて、もうひとりの学生が、傷ついた野獣の兇暴さで入ってくる。「裏切ったな。梨那子」

「なんだ貴様。ひとの部屋へ勝手に入って来やがって」梨那子からあわてて身体を離した学生が、半裸で立ちあがる。「出て行け」

「いや。出て行かない。梨那子、君に話がある」

「ここへ入ってくる権利は、貴様にはない」と、コンは叫ぶ。

「ある。リーナはおれの女だ」ピーチ・サムはベッドにずいと近寄る。

「ああ……また……」リーナは呻く。

　ホテルの玄関を出たふたりの前へ、サラリーマン風の男がずいと暗闇から出てきて言う。

「梨那子。おれを裏切ったな。おれと結婚するといっておきながら……」

梨那子は、連れの男の広い肩のうしろにかくれる。「うそよ。わたし、そんな約束しなかったわ」

「貴様は何だ」

「貴様こそひとの女を……」

　男同士の睨みあい。

「あなた、ここでわたしたちが出てくるのを待ってたのね。いやな人ね。いやな人ね」いやな人ね……。

「うるさい。お前はおれの女だ」ピーチ・サムはベッドにずいと近寄る。

「ああ……また……」リーナは呻く。

また……また……また同じことのくり返し……。

窓の外はアカプルコの海岸――。

「おれは隊長だぞ。命令だ。貴様はこの部屋を出て行け。リーナ。君に話がある」

「今日は休暇なんだぞ」と、コンは怒鳴る。「だから今日は、隊長でも隊員でもないんだ。なぜこんなところまで、追ってこなきゃいけないんだ」

ピーチ・サムが拳銃を出す。

「いや」と、リーナが叫ぶ。「やめて。やめて」

悲鳴をあげ、ハドソンがシーツの間からまろび出た。「撃つな。助けてくれ。兄貴。撃たないでくれ……おい。ピーチ・サム。な、何をする。何をする」

轟音。

「やったな」ロレンゾはほくそ笑む。だが彼の指さきは、まだライフルの引き金をひいていない。

大統領は首を押さえ、前へよろめく。しかし、まだ致命傷ではない。

「ノー。ノー。ノー」テキサス州知事が悲鳴をあげる。

次はおれの番だ——ロレンゾはイタリア製ライフルの引き金をひく。

大統領の頭蓋の骨片がとんだ。

「いや」と、大統領夫人が叫ぶ。「やめて。やめて」やめて。いや。やめて。やめて。

「いや」と、リーナが叫ぶ。「やめて。やめて」

「おい。ピーチ・サム。な、何をする。何をする」

自分の胸に向いているピーチ・サムの拳銃が、コンの足をすくませた。

轟音。

よろめくコンに、リーナが駈け寄って……「コン。死なないで」死なないで……。

「あなた。死なないで。死なないで」

病床の紺野の耳に、妻の叫ぶ声が甲高く響いた。

「あの運転手……訴えてやるわ」妻は眼を吊りあげ、立ちあがった。「賠償金をとり立ててやるわ。勘弁してやらないわ。こ、殺してやるわ」殺してやるわ……。

「殺してやるわ」妻は眼を吊りあげ、紺野に迫った。「よくも……よくも浮気なんか出来たものね。出てってちょうだい」出て行け……。

「出て行け」

「いや。出て行かない。梨那子、君に話がある」

「ここへ入ってくる権利は、貴様にはない」と、コンは叫ぶ。

「ある。リーナはおれの女だ」ピーチ・サムはベッドにずいと近寄る。

「今日は休暇なんだぞ」と、コンは怒鳴る。「だから今日は、隊長でも隊員でもないんだ。なぜこんなところまで、追ってこなきゃいけないんだ」

ピーチ・サムが拳銃を出す。引き金をひく。

轟音。

「やったな」ロレンゾはほくそ笑む。

次はおれの番だ――ロレンゾはイタリア製ライフルの引き金をひく。

大統領の頭蓋の骨片がとんだ。

「いや」と、大統領夫人が叫ぶ。「やめて。やめて」

人非人め。カエルめ……。

ロレンゾの自我防衛機構が、三人の罵言を敏感に感じとり、たちまち固い殻をかぶる――。防衛装置――精神的無表情の甲羅の中に隠れたロレンゾの自尊心に、さらに三人の悪罵がしつこくまといつく。

カエル……カエル……。

いや。こいつはカエルじゃない。カメだ。甲羅に鎧われたカメだ。すぐに首をすくめるカメだ……。

カエル……カメ……カエル。

視覚化されたロレンゾの姿が、たちまち変貌していく。カエルの顔……カメの甲羅……そして水搔き……。

「カッパだ」コンが驚いて叫ぶ。「そうだ。こいつはカッパだ」

「ねえ。わたしはあなたが好きよ」全裸のリーナがふるえながらコンにむしゃぶりつく。「あなたが好きだわ。だから……だから……わたしだけは、あんな恐ろしい姿にしないで……」

「ふん」残酷な微笑を唇の端に浮かべ、ピーチ・サムがふたりの方へ寝返りをうって脅しはじめる。「リーナ。お前は……お前のほんとうの姿は……」

「いや」リーナは叫び、ピーチ・サムに抱きつく。「やめて。やめて。また何か、いやなことをいうのね。また、わたしをイヌだっていうのね」

「いいや。イヌなんかじゃない。もっと薄ぎたないけものだ」ピーチ・サムの眼が嗜虐的に吊りあがる。低く呟く。

「言ってやろうか」

「いや。やめて。やめて」リーナはコンに抱きつく。「コン。助けて。助けて……」

「お前はブタだ」と、ピーチ・サムが断言する。「白い、ぶくぶく肥ったブタだ」

「やめろ」と、コンが叫ぶ。

同時に、ロレンゾが心の殻を脱ぎ捨て、躍りあがって叫ぶ。「そうだ。その通りだ。この女はブタだ。ブタだ」彼は狂喜して叫び続ける。

リーナは呻き、しゃくりあげる。

彼女の顔には次第に白い毛が生え、鼻が拡がり、手足にはひづめが……。

「いや。わたしはブタじゃない。ブタじゃない……」

女の呪詛が空間を満たし、女の傷ついたナルシシズムが時間の中をのたうちまわる。

定着したイメージ……四人の視覚が捕えたものとその残像がコンピューターになだれこむ。あらわにされた外傷への回想と、その幻覚的再生は終った。コンピューターが新しいプロットを求めて活躍を始める。データが駈けめぐり、数万数億の継電器がかさこそと音を立て、仮宿体エフェクト機構がプロットの完成をめざしてすべての固体回路を情報で埋める。四人の意識内容と、それに相応しい古今東西のあらゆる資料が集束されたその大量の情報は、今や巨大な電磁気エネルギーに変っていた。

「『眠りの星』から報告がありました。これが現在の経過です」と、局長が法務長官にグラフを見せた。「そしてこれが、外傷の因子分析表です」

「コンピューターは、仮宿体に動機《モーチベーション》づけるプロットを決定しましたか」

「決定しました。早速コンピューターに、そのプロットに最も近い新しいデータを挿入します」

「そのデータとは」

「これです」局長は法務長官に、古文書から収録した一個のマイクロ・リーダーを見せた。

投写機にかけたマイクロ・リーダーを流し読みしながら、法務長官は訊ねた。「この法師というのは誰ですか」

長官は答えた。「隊長の、ピーチ・サムです」

「彼だけはいつも、仮宿体が人間の形をとるのはどうしてですかな」

長官はにやりと笑った。「なあに。回を重ねるにつれ、彼がもっともおぞましい姿かたちの生きものになっていきますよ。今からもう、眼に見えるようです」

情報は、その巨大な星の中心部にあるコンピューターからその星の北半球全部を占めている脳培養部の四つの脳に送り込まれた。四つの培養器は棚に隣接して置かれていた。その棚には、同様の培養器が数万並べられていた。さらにその棚は、数万段あった。そしてその棚の列は、前後に数万列あった。その巨大な人工の星の北半球は、培養器だけで埋まっていた。

南半球には、北半球に対応するそれぞれの棚に、もとはそれぞれの大脳の持ち主であった冷凍にされた肉体が安置されていた。冷凍希望者、失業者、社会的不適応者、精神病者、服役中の罪人などの肉体だった。コンピューターから送られてくる夢を見てまどろみ続けているのは北半球にある脳であり、彼らではなかった。彼らは肉体だけの存在——死者に等しい存在だった。

その星は八世紀前から『眠りの星』と呼ばれていた。

「やっぱりこれが、彼らから見たおれの姿なのか」

なさけなく思いながらも、ふたたびサルの姿になったコンは、陽の照りつける砂漠を、昼のない森の中を、そして夜の岩山を駈け続けていた。

駈け続けなければならなかった。

召集がかかっていたのである。

集合地点は大陸の東の端にある山の上だった。コンが山頂にたどりついた時、他の三人はすでに集結していた。

「全員揃ったか」と、馬上のピーチ・サムが訊ねた。

「全員、集合しました」

憎形のピーチ・サムは、けものの姿の三人の部下を見おろして頷いた。「よし。では行くぞ」彼ははるか西方、朝靄にかすむ草原の彼方を指して叫んだ。「出発だ」

そして四人の、天竺へのながい旅が始まった。

一万二千粒の錠剤

1

偉いことになってしまった――おれは内ポケットを押さえ、国電の駅の方へ歩きながら、そう思った。胸がどきどきした。

まさかおれが、この、やくざなグラフィック・デザイナーに過ぎないおれが、こともあろうに、錠剤服用者に指定されるとは思わなかった。たしかにおれは、デザイン・コンクールで数回賞をとり、二十四歳にしてマスコミに顔と名が売れてしまっている。しかし、ただそれだけのことで、デザイン以外には何の才能もない人間だ。それが『二十歳から二十五歳までの百二十人の代表的日本青年』の中に含められ、貴重な薬の入った、小瓶を預る身になってしまったのである。

小瓶の中に入った百錠の薬――それは見たところ、何の変わりばえもしない、単なる錠剤だ。ところがこの薬、とんでもない効果を持っている。つまり、一錠につき約一年、老衰を防ぐ効果を持っているのだ。だからこの百錠を服用した人間は、重い伝染病にかかるとか事故に会うとかのない限り、普通の人間よりも百年間長生きできるのである。

この薬がK大の富田という教授によって研究されていたことは、おれも新聞を読んで、一年ほど前から知ってはいた。そしてその頃から、この薬のことは人びとの間でやかましく噂されていた。

「市販されるのだろうか？」

「どれくらいの値段になるのだろう？」

「誰でも買えるのか？　貧乏人でも？」

「効きめは、たしかなんだろうか？」

薬が完成したのは二カ月前だった。だが、市販はされなかった。実験段階であるということと、原料が入手不可能のため、一万二千錠しか作れなかったことが、その理由だった。

では、誰が実験台になるのか？

その薬を服《の》む人間は誰か？

ふたたび日本国中、その噂でもちきりになった。デマもとんだ。

K大の研究所員が薬を横流しした。薬は内閣の閣僚が独占した。外国からスパイが多勢やってきた……。等々である。

そして数週間前、政府は次のような発表をした。

薬は二十五歳以下の——つまり発育途上にある人間が服用した場合に、最も効果がある。そこで、二十歳から二十五歳までの、数百万人の青年の中から、学業成績のいい者約十万人をチェックする。その中から知能指数百四十以上の者を一万人選び抜く。さらに今度はそれらの青年の中から、実社会へ出ている者は、そこでどのような特殊能力を発揮しているか、また、就学中の者は、いかなる潜在特殊能力を秘めているかを、家系、精神分析、健康状態などの調査によって検討し、最後に百二十人を選び、錠剤百粒ずつをあたえ、一週間に一錠連続百週間服用させる実験を行うというのである。

この政府の発表に対して、たちまち反論の火の手があがり、日本国中カンカンガクガクの大さわぎになった。

いわく「若い奴らには根性がない。将来性皆無である。薬は社会的に重要な地位についている中年以上の者にあたえよ」

いわく「近ごろの若いのにろくな奴はいない。モヤシである。薬なんかやるな」

いわく「死にたくない。死にたくない」

しかし政府はこれらの反論を黙殺した。

そして昨日、おれの家に通知がきた。おれが百二十人の中に選ばれたというのである。

最初は夢だと思った。なかなか信じられなかった。今日、都内某所へ出頭せよというので出かけ、他の百十九人の青年といっしょに文部大臣の訓示を受け、薬の入った小瓶をもらい、はじめて、こいつはえらいことになったという実感がわいてきた。

錠剤百粒といっしょに、拳銃まで配布されたのにはびっくりした。身を守れ――と、いうより、世界的に貴重なこの薬を、身をもって守れというのである。保管不充分で盗まれたりすると懲役二十年、他の者に譲渡売買したら懲役三十年だと言い渡された。親兄弟にやってもいけないのだ。

これは大変だ――おれはふるえあがった。

錠剤服用者の氏名は、今朝の新聞に載ってしまっている。どえらい騒ぎになるぞ――おれはそう思った。ならずにすむわけがない。

日本中の、錠剤服用者の住んでいる町や村の交番には、自動小銃が配備されている。だから万一の時には、錠剤服用者ですと名乗って保護を求めればよろしいという指示もあった。おれはあきれた。まるで戦争ではないか。そんな事態が、ほんとに起こるだろうか？

2

家へ帰るため、おれは国電に乗った。

たいせつな薬を持っているのだから、タクシーで帰りたかったのだが、父親から倹約をいいわたされているから、そうもいかない。

おれの父親というのは小さな会社の課長で、すごく頭が古い。おれがデザイナーになりたいといった時も、そんなやくざな商売に身を落としてはいかんといったくらい、頭の固い父親である。

ところが、デザイナーとして有名になり、金をもうけはじめると、若い人間に大金を持たせておくとろくなことにならないといって、その金をぜんぶとりあげてしまった。その金で父親は株を買い、その株がどうやら暴落して、大へんな損をしたらしい。したがっておれの家は、以前通り貧乏である。だから、国電に乗らなきゃならないのだ。

国電のシートにかけて、電車の震動に身をまかせていると、周囲の人間たちが、じろじろとおれを見た。

デザイナーとして、おれはある程度顔が売れているし、今朝の新聞には、錠剤服用者百二十人の顔写真がでかでかと載ったばかりである。

何か厄介なことが起こらなければいいがと思っていると、向かいのシートにかけていた中年の大柄な男が、おれの横の空いた場所に移ってきて、そっとおれにささやきかけた。

「あのう、お願いがあるのですが」

「何でしょうか？」おれはわざと、とぼけた顔つきをして訊ね返した。

「あなたのお持ちの錠剤を、少しゆずっていただけませんか？」

「それは駄目です」

「一錠五千円出しますが」

「他人に売ると、ぼくは処罰されます」

「一錠、一万円出します」

「駄目です。だいいち、中年の人がのんでも、それほど効きめはないのです」

「でも、少しはあるんでしょう。私だって長生きがしたい。三万円でどうですか」

「売れません。あきらめてください」

「五万円……十万円……じゃ、三十万円！」

その男は一錠五十万円まで値を吊りあげたが、おれが絶対に売る意志がないと知ると、急に態度を変えて、おれをののしりはじめた。

「貴様みたいな若僧に薬をやったって、何にもならねえんだ。ふん！　たかがデザイナーじゃねえか！　おれは五十人の従業員を持つ人間なんだ。社会的に重要な人間なんだ。政府は何をしとるんだ。薬をのませる人間を、まちがえとるわ！」

他の乗客たちも、わめき続ける中年男に同意するかのように、羨望と暗い憎悪をみなぎらせた眼つきで、じっとおれを見つめた。電車をおりた時は、ほっとした。と同時に、これから百週間のあいだずっと、あんないやな目にあわなければならないのかと思って、げっそりした。

おれの家のある町まで戻ってきた頃には、すでに夕やみがあたりに迫っていた。

商店街を歩いていくと、近所の店の、顔なじみの主人や店員が出てきて、おれに声をかけ、うるさくつきまといはじめた。

「やあ、おめでとうございます」

「長生きができるそうで、よかったですね」

「さっきお家の方へ、お祝いの品を届けておきましたよ」

「うちは、カラー・テレビを届けました」

「どんな薬か、ちょっと拝ませてください」

「ねえ。見せてくださいよ」

「あとで、ちょっとご相談があります」

「ねえ。ちょっと寄っていきませんか。お話ししたいことがあるんですが」

「ねえちょいと。寄ってらっしゃいよ」

しまいには袖をひきはじめたので、びっくりした。喫茶店の女の子は、おれにしがみついてはなさない。美容院のオールド・ミスまでおれにしなだれかかってきたので、あわてて逃げ出した。

やっとのことで家の前までくると、ここには学校時代の友人がバリケードを作っていた。おれの帰るのを、待ちかまえていたらしい。みんな、作り笑いを浮かべている。

「よう。新聞で読んだぜ」

「うまいことやったな。薬を見せろよ」

「ひと粒くれ。親友じゃないか。なあおい」

都合のいい時だけ親友づらされては、たまらない。

「いや、だめだだめだ」おれはわめきながら、彼らを押しわけた。「誰にもやらないよ」

「ちぇっ。けち」

「ひと粒くらい、くれたっていいじゃないか」

「絶交だ。お前とはもう友達じゃないぞ」

「お前を見そこなったよ」

勝手に見そこなってりゃいいんだ。おれはようやく、家の中に入った。

3

父親はもう帰宅していて、おれの帰りを待ちかねていた。

「おそかったな」そういって、自分の部屋へすぐに行こうとするおれの前に立ちふさがり、ぐいと掌をおれの方へつき出した。

「何ですか？」と、おれは訊ねた。

「薬を出しなさい」

おれはびっくりして、内ポケットを手でおさえた。「これは、ぼくが持っています」

「いや。わしが持っててやる」と、父親はいった。「お前はたよりない。お国からあずかった大切な薬だ。なくすといかんから、わしが保管しといてやる」

おれはあわてて、かぶりを振った。「これは、他人に渡してはいけないんです」

「他人だと」父親は怒鳴った。「わたしはお前の父親だぞ！　父親を信用できんというのか！」唾がとんで、おれの顔にかかった。

母親とふたりの弟が茶の間から出てきて、父親の横に立った。

「お前。薬をお父さんにお渡し」いつも父に怒鳴られてばかりいる、気の弱い母親が、おろおろ声でそういった。

「だめなんです。たとえ相手がお父さんでも、ひとに渡すとぼくは懲役三十年なんです」

「いいから、寄越《よこ》しなさい」

父親がおれの内ポケットへ、手を入れようとした。親といえども、この薬だけは渡すわけにはいかない。おれは父親を押しのけた。父親は廊下で足をすべらせ、縁側に尻持ちをついた。

「親を突きとばすとは、何ごとだ!」父親は顔中を口にして、わめきはじめた。かんかんに怒っていた。「この親不孝者め。父親を何と心得とるか。身体髪膚これを父母に受く、敢えて毀傷せざるは孝の始めなり。父の恩は山よりも高し。雲にそびゆる高千穂の、月落ち烏カアと啼いて霜天に満つ。沈魚落雁非常識」何をいってるのか、さっぱりわからない。

かまわず自分の部屋に入ろうとした。

「逃がすな」と、父親が弟たちに命じた。「薬をとりあげろ」

「ようし」

「とってしまえ。とってしまえ」

弟たちが、冗談めかして、にやにや笑いながら、こっちへ近づいてきた。

「こっちへくるな」おれは拳銃を出した。「近寄ると撃つぞ」

弟たちは立ちすくんだ。

「このならず者め。とうとう家族に銃口を向けたな。うう……。わしの育てかたが悪かった。この、ぐれん隊め」父は怒りのあまり、口から泡を吹きはじめた。

おれは自分の部屋にとびこみ、中から鍵をかけ、ベッドに寝そべった。

父親がドアを、どんどん叩きはじめた。

「ここをあけなさい。薬をわしに渡しなさい。とりあげるとは言っておらん。お前にもやる。家族みんなで、わけてのもう」

「ひとにやっては、いけないんです」と、おれは叫んだ。「堪忍してください」

「自分さえよければいいのか」父親は怒鳴り返した。「家族は、どうなってもいいのか」

「お前。ここをおあけ」と、母親もいった。「晩ご飯を、持ってきてやったよ」

そんな手にのって、たまるものか。

「わしはお前を、そんな育て方はしなかったはずだ。どうしても薬を寄越さんというなら、もう親でもなければ子でもない。勘当だ勘当だ。すぐにこの家を出て行け。すぐ出て行け今出て行け」

頭ががんがん痛み出してきたので、おれは毛布をひっかぶり、眼を閉じた。

父親はしばらくわめき散らしていたが、やがてあきらめたのか、家の中は静かになった。

しばらくそのままで、じっと横たわっていると、誰かが毛布の上から、そっとおれの胸を押さえた。

「だ、誰だ！」おれはとび起きた。

部屋の中に、裸の女が立っていた。

「わたしよ。とも子よ」と、女が答えた。

とも子というのは近所の女子大生で、現在おれが熱をあげている女性のうちのひとりである。もっとも昨日までは彼女には、別の恋人がいた筈なのだが。

「どこから入った。なぜここへ来た。いつ裸になった」と、おれは訊ねた。

「窓から入ったの。あなたが好きだからここへ来たのよ。服は今脱いだばかり……」

なるほど、おれのテーブルの上には、彼女のブラウスとミニ・スカートと、その他ブラやパンティ類一式が脱ぎ捨てられている。

「あなたを愛してるわ」彼女はだしぬけに、おれに抱きついてきた。おれはベッドに倒された。彼女はおれに覆いかぶさってきた。

おれはとも子の巨大な乳房の谷間で、あやうく窒息しそうになった。

「く、苦しい……」おれはあわてて手足をばたばたさせ、彼女を押しのけた。「君の腹は見えているぞ」

「あたり前でしょ。裸だもの」

「そうじゃない。君は昨日まで、おれには眼もくれなかった。だが、急に態度がかわった。どうしてだ」

「そんなこと、どうだっていいじゃないの」

「よくはない。おれの薬が目あてなんだ。そうだろう?」

「そりゃあ、薬はほしいわよ」と、彼女はいった。「でも、それはどうでもいいの。わたしはあなたが好きだから、こうしてやってきたのよ。あなた、わたしがほしくないの?」

そういって彼女は、おれの鼻さきで、挑発的にヘソのある部分をくねらせた。

おれはごくりと唾をのみこんだ。

4

うちあけて言ってしまうが、おれは童貞である。信じてもらえないかもしれないが、実際そうなのだからしかたがない。女と寝る機会が、今まではなかったのだ。

幻想の中の甘美なものが実体となって、今、おれの前にあった。それは美しかった。他の何ものより、魅惑的だった。

この美しいものを、今なら、おれのものにすることができるのだ――そう思うと、薬の一錠や二錠、寿命の一年や二年、この女にやってもいいではないかという気になってきた。頭に血がのぼっていた。

「前から君が好きだった」あさましくかすれた声で、おれはそういった。ノドがからからだった。

とも子は、今度はそっとおれに抱きついてきた。微笑を浮かべていた。

一度めは、うまく行かなかった。

だが二度めは、うまくいった。

すんでしまってからも、おれたちは横になったまま、ながい間お互いを愛撫しあった。

おれは、すでにとも子に参ってしまっていた。

「薬がほしかったために、あなたに身体を許したんだと思う？」と、とも子が訊ねた。

許した――なんてものじゃない、ほんとは押しかけてきたのだ。

「薬がほしくないわけじゃないだろう？」と、おれはわざと意地悪く訊ね返した。

「さっきまではね」と、彼女はいった。「ほんとは、薬がほしくてここへ来たのよ。でも、今は違うわ」

信じたかったが、もちろん信じきることもできなかった。

「いいんだよ。弁解しなくても」と、おれはとも子に、やさしく言った。「いつまでも若いままでいたい――そして長生きしたい――これは人間として当たりまえの欲望だものな。そう望まない奴こそおかしいんだ」

とも子は泣き出した。

「君のしたことは、ちっとも、はずかしいことじゃないよ。もし君が男なら、暴力でおれから薬を奪おうとしただろう。でも君は女だ。女の武器はひとつしかない。君はあたり前のことをしたんだ」

「あなたが好きよ」彼女はまたおれに、武者ぶりついてきた。「大好きだわ」

「おれもさ」と、おれはいった。「薬をやるよ」

「ありがとう。うれしいわ」

おれたちはベッドを出て、服を着はじめた。

その時、窓ガラスが一枚割れた。誰かが裏庭ごしに、路地の方から石を投げたらしい。

続いてもう一枚、割れた。

「畜生！　押しよせて来やがったな」

部屋の電灯を消して路地を見ると、何十人かの町内の連中が、こちらに向かってわめきながら、石をひろっては投げている。

魚屋の留公という若いのが、空気銃を構えてこちらを狙った。

「あぶない。伏せろ！」おれはあわててとも子を床に押し倒した。

散弾を撃ったらしく窓のガラスは全部、木っ端みじんに割れてしまった。おれの二の腕に、ガラスの破片が突きささった。

「ようし。撃ち殺してやるぞ！」激しい怒りに駆られ、おれは拳銃を抜き、窓ぎわに駈けよろうとした。

「やめて！」とも子がうしろから、おれをひきとめた。「さきに、薬をちょうだい！」

おれが死んでしまっては、もとも子もなくなると思ったらしい。薬、薬とわめく、とも子の指さきが、おれの肩にくいこんだ。

「出て行くんなら、わたしに薬を渡してからにしてちょうだい！」彼女の声からはエゴとあせりしか感じられなかった。

おれはげっそりした。「よし。やろう」

机のひき出しから、日ごろのんでいるビタミン剤の小瓶を出した。暗いからレッテルは読めない筈だ。おれはそれをとも子に渡した。

ありがとうとも言わず、おれの手から小瓶をひったくった彼女は、窓ぎわに駈けて行き、ガラスのない窓を押し開け、窓枠を乗り越えて庭に出ようとした。

ばすっ。

鈍く、散弾を発射する銃声が聞こえた。

窓枠にまたがったままのとも子が、うっと呻いてのけぞった。月光に映えた彼女の白い顔の数カ所から、鮮血が流れ始めた。

がくり——と、頭を落とし、彼女はそのまま、まっさかさまに庭へ落ちて行った。

まくれあがったミニ・スカートと、白い太股が窓の彼方に消えると、おれは拳銃を構え、背を丸くして窓ぎわに寄った。

5

「出てこい！」

「おとなしく薬を出せ！　そうすれば、命だけは助けてやる」

散髪屋の親爺、寿司屋の出前持ち、それにエプロン姿の主婦なども まじって、町内の連中がロぐちにわめいている。

「出てこないな」

「ようし。入って行こう」

裏庭の木戸から、空気銃を構えた魚屋の留公を先頭に、連中はゆっくりと窓に近づいてきた。料理屋の板前は、出刃包丁を握り、質屋の親爺はサーベルの抜身を持っていた。

窓枠に銃身をのせて連中を狙い、おれは拳銃の引き金をひいた。

轟音が町中に響きわたった。

留公に命中した。留公はその場で二メートル近くぴょんとおどりあがり、柿の木の枝に頭をぶっつけて地べたへ落下し、ひくひくと手足を痙攣させて息絶えた。

おれが拳銃を撃つとまでは思っていなかったらしい。仰天した町の連中は、わっと叫んで路地へなだれ出ていった。

その隙に、おれは窓からとび出して、植込みの蔭に身をかくした。

路地の人声は、ますます大きくなった。他の町からも、やってきているらしい。百人は充分越す人数だと判断し、おれは警察に保護を求めることにした。

植込み伝いに横へ移動し、便所の汲取口の傍の垣根をおどり越え、おれは大通りの方へ、ぱっと駈け出した。

「そっちへ行ったぞ！」

「逃がすな！」

靴の音と下駄の音が入り乱れて、おれを追ってきた。

ほんの数日前までは、おれと街かどで出会っても冗談口を叩いて笑いあっていた連中だ。そして数時間前までは、おとなしい善良な市民だった連中である。それだけに、暴徒と化した彼らの姿はいっそう無気味で、恐ろしかった。

おれは、ひいひい悲鳴をあげ続けながら、ともすれば崩れそうになる膝を立てなおし、こけつまろびつ通りを逃げた。自分の心臓の音が、頭の中でがんがんこだましていた。

大通りへ出る手前で、おれは振り返り、もう一発拳銃を撃った。先頭を走っていたクリーニング屋の女主人の、頭の左半分が砕け、脳漿と眼球が吹きとぶのをちらりと眼の隅で見てから、おれは大通りを右へ折れた。

すでに深夜に近い時刻だったので、さいわい大通りには誰もいず、おれは交差点にあるポリス・ボックスまで、誰の妨害にも会わずにたどりつくことができた。

交番には若い警官がひとりだけいた。

「錠剤服用者です」おれはボックスにとびこみ、あえぎながら言った。「町中の人が追いかけてきました。殺されそうです。保護してください」

「わかりました」若い警官は、武者ぶるいをした。「保護します。ここにいなさい」

彼はテーブルの下のケースから、自動小銃を出して窓ぎわに据えた。「そうか。やっぱり来たか」眼を血走らせていた。

交番を遠まきにした群衆は次第にふえ、十分後には優に千人を越す数になった。警官はマイク・メガホンで怒鳴った。

「集まってきてはいけない。家に帰れ」

だが、群衆はふえる一方だった。

警官は本署の『錠剤服用者保護対策本部』に電話して応援を求めた。

「こんな騒ぎが、全国で起こっているそうだ」と、彼はおれを振り返っていった。「機動隊と自衛隊がもうすぐ来る。心配するな」

群衆が、ものを投げ始めた。サイダー瓶や煉瓦などが、窓からとび込んできた。

「わたしゃ、死にたくないよ！」そう叫んで群衆の中から、ひとりの老婆がこちらへ駈けてきた。

「薬をおくれ！」

それをきっかけに、群衆がうおうと吠えて、押し寄せてきた。その中には、家宝の日本刀を振りかざした父親の姿もあった。

警官が自動小銃を撃ち始めた。断続音が街かどに響きわたり、銃口は群衆を横に舐めた。

薬莢が、せまいボックスの中をとびまわった。おれも別の窓から拳銃を撃ちまくった。

群衆はばたばたと倒れた。

老婆は和服の裾を腹までまくりあげ、きりきり舞いをしてぶっ倒れた。父親も、身体中から鮮血をあたりへぴゅうぴゅうまきちらして、アスファルトの上にころがった。

群衆がややたじろいだ時、遠くでパトカーのサイレンが聞こえた。

数分後、彼らは数十人の死者を路上に残したまま、すべていなくなった。

次第に高まるサイレンの音に、ほっとしている時、窓ごしに交差点を見つめていた若い警官がおれに向きなおり、おれの胸に自動小銃の銃口を突きつけ、にやりと笑っていった。

「さあ。おれにその薬をよこせ」

懲戒の部屋

いつもの通り、中央線の車内は混んでいた。

身動きもできないくらいである。

大学を出て以来サラリーマン生活十五年になるが、休日を除いて毎朝おれは同じ電車の同じ車輛に乗り、このいっこうに改善されることのないはげしい混雑に約三十五分間身を委ねるのだ。シートに腰をおろしたことなど一度もない。

最近は男がシートに腰をおろしていると非人間扱いされる。シートには女性を掛けさせなければならないのだ。男が掛けていると、周囲の女たちから睨みつけられる。立っている女から立ちなさいと命令されることさえある。時には男のくせに女に味方して「さあああなた、女の人に席を譲りましょう。ね、さあ、立って立って」などと言い出す腑《ふ》抜《ぬ》けのサラリーマンまでいるから始末におえない。

その朝も、シートはすべてサラリーガールが占領し、おれはドアの近くの通路に立たされていた。おれの真正面でこちらに顔を向けて立っている背の高い男は肝臓が悪いらしくて、さっきから二日酔いの酒臭い息をおれの顔へまともに浴びせかけ続けている。しばらくは我慢していたものの、やがて胸がむかついてきてついに耐えられなくなり、おれはぐいと身をよじってからだの向きを変えようとした。

その時、横にいたオールド・ミスらしいサラリーガールがこちらへ顔を向け、大きな小鼻をふくらませておれに叫んだ。

「何するんです。いやらしい。さっきからわたしのからだをなでまわして」

周囲の乗客が、いっせいにこちらへ顔を向けた。

「やめなさい」と女はおれを睨みつけた。

「ぼくは何もしない」おれはびっくりして、そういった。「人ちがいです」

「何いってるんです。しらじらしい」おれに否定されて、彼女の黒く沈んだ顔色は赤黒くなった。「わたしの顔をじろじろ見ながら、ずっとお尻をなでまわしていたじゃないの」

二日酔いの男と、他に数人の男が、おれと女を見くらべながらげらげら笑った。

そのため、女はますます逆上したらしい。眼つきが凄くなってきた。「保安官につき出すわよ」

とんでもない冤罪《えんざい》である。

「失敬な、言いがかりもはなはだしい」おれは腹を立てて、彼女を睨みつけた。「はっきりいうが、ぼくは何もしていない。これ以上ひとを侮辱するのはやめなさい」ぷいと横を向いた。

「どっちが侮辱なのよ」女の声はだんだん高くなってきた。ヒステリーらしい。たいへんな女につかまったものである。天災だ。「言いがかりとは何ですか。自分こそ痴漢のくせに、ひとを悪者にする気なのね。承知しないわよ」

「どう承知しないというんです」乗客たちから本当に痴漢と思われては大変である。おれは彼女より大きな声で怒鳴った。「証拠もないのに、痴漢とはなんだ」

「スカートの下へ、手を入れたじゃないの」

「そんなことするもんか」

彼女は絶叫した。「したわよ」

乗客たちは騒ぎはじめた。

ここぞとばかり、女は周囲に向かって訴えかけはじめた。「どうでしょ。このずうずうしいこと。恥ずかしいと思わないのよこのひと」

「何の証拠があって、ひとを痴漢よばわりするんだ」顔から血の気の引いていくのが自分でもわかった。

「証拠ですって。証拠ですって」女は、あきれはてたという表情でまわりを見わたした。

「そんなこと、あなたの顔を見れば誰にだってわかります」

「なんだって」そうまで侮辱されては我慢できない。おれはかっとして女を怒鳴りつけた。

「馬鹿をいえ。誰があんたみたいな女に手を出すもんか。自分の顔のことを考えてものを言え」

女は眼を見ひらき、口をぱくぱくさせた。「ま。わたしの顔がど、どうだっていうの」

「トラフグみたいな顔してるくせに」言ってから一瞬しまったと思ったがもう遅い。

女が頬をはげしく痙攣させた。

「まあひどい」

「失礼な男ね」

少しはなれたところに立っていた二人づれの若い女たちが大袈裟に眉をひそめ、聞こえよがしにそういってうなずきあった。

「なんてことを。なんてことを」女は怒りのあまり口がきけなくなってしまったらしく、唇をぶるぶる顫《ふる》わせ、さらに口を大きくぱくぱくさせた。口の奥の虫歯がまる見えである。

「ひ、ひどいことを。女性に対して」

「女とは思わないね」おれは最後のとどめのつもりでそう断言し、ふたたびそっぽを向いた。

しばらく、車内は静まり返った。

「あんまりだわ。自分が悪いことしときながら」

「ご覧なさいよ。あの頑固そうな顔」

「いやらしい眼つきね。ぞっとするわ」

さっきの二人づれが、また声高に喋りはじめた。

「気の毒だわ。あの女のひと」

「どうしてみんな、何とか言ってあげないのかしら」

男たちはみんな黙ったままで車の天井を見つめたり、車内吊りポスターをけんめいに凝視したりしている。

あちこちで、次第に女たちが騒ぎはじめた。

「許せないわ。あのひどい言いかたは」

「自分のしたことをあやまりもしないで」

「保安官につき出してやりましょうよ」

女たちはすでにおれが痴漢だと決めてしまったらしい。保安官などにつき出されてたまるものか。どうして女というものは、こんなに徒党を組みたがるのだろう。こんなことになるなどとは数分前まで夢にも思っていなかった。まったく、どえらい悪夢が襲ってきたものである。

「わたし、見てましたわ」トラフグの横に立っていたキツネそっくりの顔つきの女が、決心したようにこわばった表情でおれを睨みつけ、だしぬけにそう言いはじめた。「この男のひと、たしかにこのかたにいたずらしたわ。わたし知ってます」

「ごらんなさい。ごらんなさい」トラフグが嬉しげに眼を輝かせ、きいきい声をはりあげた。「証人もいるのよ。ほら。ちゃんと証人もいるのよ」

「これは暴力だ」おれはうろたえた。もう黙ってはいられない。「どうしてあんたは横からそんな出たらめをいう。ひとがどれだけ迷惑するか考えないのか」

キツネは眼をさらに吊りあげ、ぎすぎすした固い声でいった。「ひとに迷惑をかけているのは、あなたじゃありませんか」

正義漢ぶって胸を張ったキツネにはげまされ、二人づれが大声で周囲に語りかけはじめた。

「次の駅でこのひと降ろしましょうよ」

「そうよ。そして保安官に連絡しましょう」

トラフグがおれを見据え、勝利の笑みを頬に浮かべながらいった。「やましいところがないのなら、保安官に堂々とそうおっしゃい。とにかく、次の駅でいっしょに降りてもらいますからね」

そんなことをしては遅刻してしまう。その上今日は、朝一番に得意先の工場へ行き、機械の納品と設置を指導しなければならないのだ。

「そんな暇はない。いそぐんだ」苦りきって、おれはそういった。

「あらまあ。おいそがしくていらっしゃるのね」キツネがうす笑いを浮かべ、冷やかすような口調でそういった。「でも、来てくださいね」

「自分だけいそがしいみたいに思って。まるでわたしたちが暇をもてあましているみたいじゃないの」トラフグがそっぽを向き、吐き捨てるようにいった。

「このひと、だいたい女性を侮辱してるのよ。助平のくせに」

「奥さんの顔が見たいわ」

二人づれが今や敵意を露骨に見せ、おれに悪口を投げつけてきた。睨みつけてやったが効果はぜんぜんない。

「おれは降りないぞ」憤然として、おれはいった。「どうしても行かなきゃならん仕事がある」

「ああら。そうなの」キツネが鼻さきで冷笑した。「そんなこと、わたしたちの知ったことじゃないわ」そして彼女は、ねえといってトラフグとうなずきあった。

次の駅で降ろされては一大事である。おれはあわてて人をかきわけ、さらに車輛の中央部へ入って行こうとした。二人づれがおれの前へ立ちふさがった。押しのけようとすると、彼女たちはわざと大きな悲鳴をあげた。

「痛い。痛い」

「何するのよ。エッチ」

これでは手も足も出ない。ついに男たちまでおれを睨みはじめた。

やがて電車はお茶の水駅構内へすべり込み、停車した。

満員の国電ではドアが開いた場合、その近くにいる数人はいったんプラットホームに降りなければならない。そうしないと、奥にいる乗客が降りられないからである。

「おい。そこ、降りろおりろ」

おれは女たちに取り囲まれたまま、ドアの方へ押し流されそうになった。

「降りないよ」おれはあわててもがいた。

「降りなさい」と、女たちが口ぐちにいった。

「降りないよ」

「降りなさいったら」

「だれか男のかた、手つだってください。この男を降ろすんです」

ついに、あの二日酔いの男がおれの背中をぐいぐいとドアの方へ押しはじめた。

「何をする」おれはびっくりしてふりかえり、彼にいった。「男のくせに、女どもに加勢するのか」

だが男はおれの顔から眼をそむけたまま、おれのからだを黙って押し続けた。

とうとうおれは女たちに囲まれたまま、プラットホームに押し出されてしまった。

「さあ、行きましょう」女たちはおれをまん中にして駅の階段を降りはじめた。

「早く降りなさい」キツネがうしろから、おれの後頭部を指さきで小突いた。

女たちを突きとばして逃げ出そうかとも思ったが、何も悪いことをしていないのにそんなことをするのはいやだし、そんなことをしてさらに捕まったりしたら、こんどは本格的に犯罪者扱いされるだろうし、自分で罪を認めることになるから、おれはしばらくおとなしくしていることにした。

保安官詰所は駅構内の地下にあるコンクリートに囲まれた三坪ばかりの小さな部屋だった。中にいたのは牛のように巨大な体軀の、眼鏡をかけた女の保安官である。しまった、これは助からない——おれはふるえあがった。

女たちはおれに喋る暇をあたえず、口ぐちに保安官に向かって説明しはじめた。それによればおれは公衆の面前であることを何ら意に介さず数人の女性に対して強姦すれすれの猥褻行為をはたらいただけでなく、暴力さえふるったというのである。そんな曲芸みたいなことが、あの満員電車の中でできてたまるものか。

「ぜんぶ出たらめだ」おれはびっくりして叫んだ。「身におぼえがない。なぜこんなことを言われるのか、わけがわからない」

「まああきれた。証人がこれだけいるのに、まだしらを切るつもりなのね」

「あれだけ、けだものみたいなことをしておきながら」

「じゃあ、あなたの言い分を聞こうじゃないの」女保安官がおれを椅子に掛けさせ、テーブルをはさんで向かいの椅子に掛けた。「さあ。いいなさい。何をしたのか」

「ぼくは、何もしていないんです。ほんとうです」おろおろ声で、おれはそういった。

「何もしてないってことはないでしょう」彼女は苦笑した。「この人たちだってお勤めがあるんですよ。何もしていない人を、わざわざ会社に遅れてまでこんなところへつれてきたりするわけがないじゃないの」

おれの両側に立っている女たちが、わが意を得たりとばかり大きくうなずいた。

「ほんとよ」

「そうよねえ」

だけど実際、その通りなんだからしかたがない。

「このひとたちは、仕事が嫌いなんでしょうよ」と、おれはいった。「会社へ行くのがいやなんだ。だからこんなことで道草を食いたがるんだ。そうとしか思いようがない」

わっ、といっせいに女たちが騒ぎ出した。

「職業女性に偏見を持っているわ」

「女は家庭でじっとしていろといいたいのよ、このひと」

「何よ、えらそうに」

「まるで私たちが会社で遊んでいるみたいじゃないの」

「遊んでるじゃないか」おれは怒鳴った。「今だって遊んでるじゃないか、こんなことをして。君たちは楽しんでるんだ」

「自分だって、電車の中でさんざん楽しんだくせに」トラフグが次第に猥《みだ》らなうすら笑いを浮かべ、おれをじろじろ見てそういった。

「何もしていない。何度いったらわかるんだ」おれは怒鳴り続けた。「こっちは迷惑だ。君たちとちがって、でかい仕事が待っているんだぞ」

「まあまあ。商売熱心なのね」トラフグが眼を細めて口を歪めながらいった。「ふん、大きな声を出せばひとが驚くと思ってさ」

「ホットな人間——というわけね」キツネが知ったかぶりをしてそういった。「マック・リューハン式にいえば」

「マクルーハンだ」

「どうでもいいわよ、そんなこと」キツネがまた眼を吊りあげて絶叫し、憎悪に満ちた視線でおれを睨みつけ、低く吐き捨てた。「しめ殺してやりたいわ。こいつ」

「この女たちは」とおれは保安官に早口で喋った。「男を憎んでいるんですよ。こういうヒステリーだから誰も相手にしてくれない。そこでだんだんオールド・ミスになっていく。欲求不満でますますヒステリーになる。男全体を憎みはじめる。だが欲求不満は解消されない。そこで男にいたずらされたいという無意識的な願望が起る。尻を撫でられたという、実際には起り得る筈のない出来ごとを妄想し、ついには騒ぎ出す」

「何さ。むずかしいことばかり言えば、ごまかせると思って」トラフグが眼をしばたたきながらいった。

「女性心理学におくわしいこと。週刊誌の知識でしょうどうせ」キツネがいった。

「常識だそんなことは」おれは怒鳴りつけた。「女性週刊誌の俗流心理学やセックス記事で白痴みたいになった女どもといっしょにしないでくれ」

「ほうらね。このひと、女を馬鹿だと思ってるんですわ」二人づれが、女保安官にいった。

「女性を、いたずら用の道具だと思っているのよ」

女保安官は鈍重そうな顔をあげ、女たちを見まわしながら訊ねた。「このひとは、電車の中でもずっとこういう態度だったのね」

「そうなんです」女たちはいっせいにうなずいた。「自分が悪いことをしたくせに、あべこべにこのかたにひどいことばかりいうんです。見ていてお気の毒で……」

トラフグが急にハンカチを出して眼にあて、肩をふるわせはじめた。「わたしのことを――ト……トラフグだなんて……人の前で……」おいおい泣いた。ほんとに涙を出していた。

二人づれが両側から彼女の肩を抱いてなぐさめはじめた。

おれはあわてていった。「しかし顔のことは、この女がさきにぼくに言ったんだ」

「女とはなんですか」キツネが甲高い声でおれを怒鳴りつけた。「レディといいなさい」

「何がレディだ」おれは握りこぶしでテーブルを力まかせに叩きつけ、女保安官に顔をつき出して怒鳴った。「あんたもあんただ。こんなことをしているのが時間の無駄だということぐらいわかりませんか。こんなことにかかわりあってる暇があったら、どうしてあの電車の混雑の整理をやらないんです。女の権力ばかり大きくなってラッシュがそのままだから、こういう馬鹿なことになるんだ」

「責任を転嫁しないでください」キツネが横からそう叫んだ。労組の委員でもやっているのだろう。

女保安官は唇を少しつき出し、ゆっくり立ちあがった。「この男はわたしの手には負えないわ」電話に手をのばした。「全婦連支部と地区女権保護委員会へ連絡します」

「PTAにも電話した方がいいわ」と、キツネが入れ知恵した。「この男の奥さんにも」

「そうね」女保安官がおれに訊ねた。「あなたの家の電話番号をいいなさい」

「女房は関係ないだろう」おれはびっくりした。

「まあ、女房だって」と、二人づれが眉をひそめてうなずきあった。

「家庭でのあなたの態度を証言してもらうのです。はい。さあ。電話番号」女保安官はでかい掌をおれにつき出した。

「さあ。手帳か何か持ってるでしょ。出しなさい」キツネがそういって、またおれの後頭部を握りこぶしで小突いた。

「出すもんか」おれは腕組みした。この上家庭の平和まで乱されてはたまらない。

女保安官は溜息をつき、おれの傍へやってきて胸のポケットへ手を入れようとした。おれがその手をはらいのけようとすると、彼女はだしぬけにおれの右手を背中の方へねじりあげた。すごい力である。身動きができない。その隙にトラフグが胸ポケットからおれの手帳をとり出した。

女保安官はおれの右手をはなし、手帳を見ていった。「へえ。いい団地に住んでるわこの男」受話器をとりあげた。

「やめろ」おれは彼女に、おどりかかろうとした。

女保安官は眼にもとまらぬ早さで、おれの首のつけ根に空手チョップをあびせた。

「あい、あい、あいてててててて」眼の前がぼうとかすみ、おれはあまりの痛さに床へぶっ倒れて身もだえた。

女たちは呻き続けているおれを乱暴に抱き起して椅子に掛けさせた。

「またあばれるといけないから、この椅子へくくりつけてしまいましょう」

おれは木製の椅子へ紐でくくりつけられてしまった。

「これは暴力だ」

「さきに暴力をふるおうとしたのはあんたじゃないの」

「そうです。すぐに来てください」女保安官が電話で妻にそう命じていた。

おれは妻に聞こえるように、大声で叫んだ。「来なくていいぞ」

ぱあん、とトラフグの平手がおれの頬にとんだ。マニキュアをしたながい爪の先で眼球を傷つけられたらしく、おれは左眼をとじたまま、しばらく呻き続けた。

「大袈裟ね。男のくせに。頰をぶたれたくらいで」キツネがいった。

女保安官はおれの家への電話をかけ終ると、全婦連支部や地区の女権委員会などへ次つぎと電話をかけた。

「会社へ電話をかけさせてくれ」と、おれは頼んだ。「遅れることを報告しなきゃいけない」

「ご心配なく、わたしが電話したげるわ」キツネがおれの手帳を見て会社に電話をかけ、社長を呼び出した。「もしもし。こちらはお茶の水駅の保安官詰所です。今、佐山文治と名乗る痴漢を捕えて取調べているのですが、この男はおたくの会社の社員にまちがいないでしょうか。ああそうですか。はい。そうです。電車の中で婦人に暴行をはたらいたのです。取調べですか。いいえ。今日一日中かかると思います。はい。そう伝えます」がちゃり、と受話器を置き、おれにウインクして見せた。

「社長さん、かんかんに怒ってるわよ。明日から出社に及ばずですって」

おれはすすり泣いた。「破滅だ」

女たちは小気味よげに眼を細め、口を半開きにしてにやにや笑いながら、泣き続けるおれをぼんやりと眺めた。女たちに眺められながら泣き続けていると、ツルのように痩せた和服姿の初老の女が縁なし眼鏡を光らせて入ってきた。

「女権保護委員会の地区委員長です。その男はどこにいますか」

十五年皆勤を続けた会社を馘首《くび》になってしまったのだから、もうやぶれかぶれだ。おれは涙に光る顔をあげわめきちらした。「おぼえていろ。このことを警察に訴えてやるぞ。お前らぜんぶ訴えてやる。もう、こわいものは何もない。おれ同様に、お前らの一生も無茶苦茶にしてやる。女が威張るとどんな目に会うか、たっぷり思い知らせてやるぞ」

「ああら。泣いてるわ」二人づれがくすくす笑った。「まるで駄々っ子ね」

「男なんて子供よ」

女権委員長がおれの前に立ち、わめき続けるおれをしばらくじっと見つめていたが、やがて骨ばった指でおれの唇の端をいやというほど抓《つね》りあげた。唇がひん曲ってしまった。母親にさえこんなひどいことをされたことがない。

「こういう男性を女性に奉仕させるように仕込むには」と、女権委員長が一同にいった。「まず女性の恐ろしさを思い知らせなければなりません。そして、女性に敵意を持っているうちは、まだ思い知ったとはいえないのです」

「だまれ」と、おれは叫んだ。「男に勝ちたければ、仕事で勝負しろ。男よりもでかい仕事をやってみろ」

「ほらね」と、キツネが女権委員長にうなずきかけた。「この男、まだ、仕事をすることがこの世の中でいちばんえらいことだと思ってるんですわ」

「その通りじゃないか。女なんか何もしないで子供を産むだけだ。子供を産むだけなら人工子宮と同じだ。ざまあ見……」

女権委員長が鉄の鋲を先端に打ちつけた草履でおれの向こう脛《ずね》を力まかせに蹴っとばした。おれはぎゃっと叫んでのけぞった。

「仕事をするなどという下等な行為は、女性はしなくていいのよ。高貴な動物は常に虚弱なのですから、仕事は品性下劣な男性にやらせるのです。しかも男性なんて、コンピューターやロボットにさえ劣る労働力なんです。男は、ほんとは女性に声をかける資格もない下等動物なのです」

女子陸上競技の選手みたいな、男か女かよくわからない女が入ってきた。「全婦連のお茶の水支部長です」彼女はおれを睨みつけた。「この男がそうね」

おれはふるえあがった。彼女は爪を尖らせていた。おれの歯の根の合わぬさまを見て、彼女はサディスティックな笑みを洩らし、けけけと笑って見せた。

「これは暴力団だ」おれは泣き出した。

「ごめんくださいませ」妻が、おどおどした様子で入ってきた。

「これはあなたの亭主に、まちがいないのね」と、全婦連が訊ねた。

「ご厄介になります」と、妻はいった。

「来るなといった筈だ」おれはわめいた。「聞こえた筈だぞ」

「まあ、奥さんが来たら急に威張り出したわ」二人づれはうなずきあった。「大きなおきな声で、ねえ」

「すぐ帰りなさい」おれはせいいっぱいの虚勢で胸を張り、妻にそういった。

妻はばつが悪そうにもじもじし、女たちの顔色とおれの顔色を見くらべた。

「まあお気の毒に、このかた。おどおどしてらっしゃるわ」キツネが胸もはり裂けんばかりの悲痛な声でいった。「この男、よっぽど横暴なのよきっと」

「この男は、あなたをよく殴りますか」と、女権委員長が妻に訊ねた。

「はい。あのう」

「正直におっしゃってね。決して悪いようにはしませんから」

「はい、あの、今までに五、六回」

「馬鹿者」おれは怒鳴りつけた。「亭主の悪口をいうとは何ごとだ。悪いようにしないなんてうそっぱちだ。この女たちのために、おれは会社を馘首《くび》になったんだぞ。おれが仕事ができなくなれば、お前だって食えなくなるんだぞ。そんなことがわからんのか。だから女は馬鹿なんだ」

「何だなんだ。その言いかたは」全婦連が血相を変えておれの前に立ちはだかり、平手でおれの頬を続けざまに殴打した。

おれの口の中は切れて血でいっぱいになり、眼球がとび出し、顔が歪んでしまった。おれは血のたっぷり混った唾液を、全婦連の顔に吐きかけた。「この淫水女郎め」

「駅舎の裏に角材が積んであっただろう」全婦連が女保安官にいった。「あれを一本持っといで」

「殺す権利まではないわ」女権委員長が、おだやかに全婦連をとめた。

全婦連は部屋の隅へ走って行き、振り返っておれの顔を睨みつけ、とおーっといいながら駈けてきて跳び蹴りでおれの肋骨の間へパンプスの踵《かかと》をめり込ませた。おれは椅子ごと仰向けにひっくり返った。

「こんなことをする権利だってない筈だ」ぶざまに足をばたばたさせながら、おれはわめいた。

「女権保護委員会は昭和四十六年の国会で男性懲戒権を獲得しました」と、女権委員長がいった。「わたしがここにいさえすれば、あなたは何をされても文句はいえないのよ。殺されない限り」

殺されては文句もいえない。

おれが痛めつけられているのを見て女たちは、次第に歓喜と恍惚の色を表情に浮かべはじめていた。トラフグなどはうるんだ眼を輝かせ、だらしなく開いた唇の端からよだれの糸を垂らして笑っている。妻は俯向いたまま肩をふるわせて泣いていた。

「あなたにも責任はありますよ」と、女権委員長がやさしく妻にいった。「こんなになるまで放っとくなんて」

「すみません。すみません」妻は女権委員長の胸にわっと泣きくずれた。

スケソウダラに似た色黒の女が、おれのふたりの子供をつれて入ってきた。「PTAからまいりました」

「どうして子供まで騒ぎにまきこむんだ」おれは激怒して咽喉も裂けよとばかり大声をはりあげた。

「おお、大きな声」スケソウダラがおどけた顔をして首を左右に振った。

「あんたたち」と、女権委員長が子供たちに訊ねた。「パパに殴られたこと、あるでしょ」

「うん。あるよ」小学校一年の兄の方が、幼稚園の妹とちょっと顔を見あわせてから、そこは心得たもの、無邪気を装って喋りはじめた。「いつもぼくの頭をぽかぽかぽかって殴るんだ。妹も殴られたことがあるよ」

「まあ。頭をぽかぽかぽかですって。おう。おう。まあ、何てひどいことを」アメリカ製テレビ映画か何かの影響らしくスケソウダラがオーバーな身振りで両手を拡げて見せた。

「からだの中で、頭がいちばん大切なところだってこと、知らないのかしらねえ」

「ほっといてくれ。おれの子供はおれが教育する。他人にとやかく言われる筋あいはない」

「ま。この人が教育ですって。教イクですって」と、二人づれがいった。「教育って何のことか知ってるのかしら」

「頭を殴るのが教育だと思ってるのよ」

「だまれ。だまれ」おれは叫び続けた。「お前たちみたいな女に子供の教育をまかせたら、どんな人間になるかわかったもんじゃない」

だしぬけに全婦連が背後からおれの頭を拳固でぽかぽかぽかっと殴った。すごい力なので眼の前がまっ暗になってしまった。

「どうだい。痛いだろ」と、全婦連がいった。「ざま見やがれ」

「あんたたちは、大きな間違いをしているな」しばらくしてから、おれはゆっくりといった。「こんなことをしても、男は服従しないんだ。男というものは、一時は力で屈伏させられたように見える時があるかもしれないが、それは表面だけのことだ。屈辱を受けた時の記憶こそ、何くそとばかり男がふるい立つ際の原動力になっているともいえる。男が真に屈伏する時は、精神的なものが動機や原因になっているんだぜ。暴力ではない。決して暴力ではない。あんたたちもいずれそのことを身にしみて悟る時がくる」

「うるさい」

「だまれ」

さっきからおれを痛めつけたくて指さきをむずむずさせていたキツネとトラフグが、とうとうおれにとびかかってきた。たちまちおれの顔は、彼女たちの鋭い爪でズタズタに傷つけられた。二人づれがハイヒールを脱いでふりあげ、その踵でおれの頭を殴りはじめた。理屈抜きで男を憎んでいるのだから、何を言っても無駄だ。

「およしなさい」と、女権委員長が威厳のある声で制止した。

全員がぴたりと動きを止めた。

「たしかにこの男のいう通り、男というものは暴力では屈伏しないかもしれません」彼女はしずしずとおれの前に進み出て、じっとおれの顔を見つめながらそういった。

「では、どうするんですか」と、キツネが訊ねた。

「男の行動の原動力はセックスの衝動、つまりリビドーです。車内でいたずらするのもリビドーの歪んだ発散です。だから特殊な懲戒術を施さねばなりません」彼女はふり返って全婦連に命じた。「腎虚刑の用意をなさい」

女たちがわっとばかりに襲いかかってきた。

「な、何をする」

せいいっぱいあばれたものの、さっきから痛めつけられているので力が出ない上、多勢に無勢である。おれはたちまち、よってたかって生まれたままのまるはだかにされてしまった。

女保安官の電話で、白衣を着た女医がやってきた。彼女は慣れた手つきで鞄からコードを引っぱり出し、その先端の針をおれのからだへ突き刺そうとした。

「や、やめてくれ」

もがこうとしたが女たちに四肢と胴体を押えられ、床へねじ伏せられているので身動きもできない。針はおれの脊髄へぐさりと突き立てられた。また、後頭部の小脳の下あたりには電極らしいものが押し当てられ、ゴムでくくりつけられた。

「お前たち。見るな」と、おれは子供たちに叫んだ。しかし無駄だった。

「よく見ておくのよ」と、ＰＴＡが子供たちにいった。「悪いおとなは、こういう目に会うんですからね」

子供たちは眼を見ひらいておれを見つめている。

「では始めます」と、女医がいった。

プラグがコンセントに差し込まれた。

電気がおれの脳下垂体と、腰髄の上部の射精中枢を猛烈に刺戟しはじめた。おれはのべつまくなしにあたりへ精液をまき散らしながら約十分間、悲鳴をあげておどりあがり続けた。

女たちがげらげら笑いながらおれの動作にリズムを合わせ、サーカスのジンタを真似て『天然の美』をうたい出した。

「チーラチララ、チーララ、チララチーララ……」

色眼鏡の狂詩曲《ラプソディ》

知性というものは、本質的に非論理的なものではないかとおれは思うのだ。たとえばおれの脳細胞などは、ハイミナールをのんでいなくてさえその非論理性をしきりに誇示したがるのだが、にもかかわらずおれは日本で十本の指に算えられるインテリだからである。知性のない人間の場合は、しきりにおのれの論理性を立証しようとする。ところが、あせればあせるほどそれは非論理的になっていく。おれとは逆である。

これは結局、教養（雑学だという人もあるが、もちろんそれは間違っている）として脳細胞にぶちこんである知識の多寡に関係があるらしいことがわかった。そのことを書く。

ある日おれの家の相当大きな郵便箱にも入り切らないぐらいのでかい郵便物がアメリカから届いた。アメリカには知りあいはひとりもいないので、首をかしげながら包みを破ると、タイプ用紙にぎっしりと横文字を叩きつけた、どうやら原稿らしいものが入っている。封書がはさみ込まれていたので、そっちを先に読むことにした。

"Dear Mr. Yasutaka Tsutsui, I am an ardent sf fan living in California, U. S. A. I wrote a sort of future political satire, about the second China-Japanese war. But how many times I sent it to magazine publishers, I only got rejection slips……"

正直のところ、おれは世界各国語に通暁しているのだが、ただひとつ英語だけは苦手である。原稿を読んでくれと言ってるらしいのだが、詳しいことはわからない。さっそく翻訳家の江藤典磨のところへ電話した。この男は主にSFの翻訳をやっていて、おれとはお互いにSFファンだった頃からの友人である。おれと同じぐらい儲けている癖に、まだ早稲田を卒業できないでいて吉永小百合と同じ教室で勉強したりなどしている。

「江藤君ですか。筒井です」

「そうですか」

「面白いことがあるんだ。こっちへ来ないか」

「ああ。それは面白いね」

「まだ何も言ってないよ」

「すぐ行くよ」ちょうど暇だったらしく、彼はすぐおれの家へやってきて、頬を膨《ふく》らませ下唇をつき出したいつもの顔つきで訊ねた。「面白いことって何」

「これだ」おれは彼の前へタイプ用紙の束をどさと置き、手紙を見せた。「知っての通り、おれは英語がわからない」

「迷子になったら何としょう」江藤がまぜっ返した。

「この手紙を訳してくれないか」

江藤は手紙をとり、眼を横に走らせながら縦に喋りはじめた。「親愛なる筒井康隆様。私はアメリカ、カルフォルニアに在住する熱狂的な一SFファンです。私は第二次日中戦争をテーマにした一種のフューチュア・ポリティカル・サタイヤを書きました。ところが、いくら雑誌社に送っても没《ぼつ》にされてしまうのです。そこで私は考えました。やはり日本をテーマにした作品は、日本でしかわかってもらえないのではないか。そこでこれを、あなたに送ります。あなたの作品は英訳されたことがいちどもないので、読んだことはありません。しかし日本のSFファンからの手紙によりますと、あなたは作家志望のSFファンの面倒を見るのが好きだそうです。どうかこのSFを読んで、日本の雑誌社へ売り込んでください。一語五セント以上で売ってください。手数料と翻訳料には、全体の十パーセントを差しあげます。ご返事を待ちます。ディック・トリンブル。十七歳」

「なんだ。子供か」最後のひとことで、おれはいささか失望した。だが、それなら非常識も許してやれる。なにしろSFファンの中には内外を問わず、いい大人でありながらもっと非常識なのもいるくらいだから。

フューチュア・ポリティカル・サタイヤというのは、日本のSF界ではPFと略称されていて、政治小説、あるいは政治未来小説といったくらいの意味である。戦争もの――殊に第三次世界大戦ものが多く、有名な作品ではモルデカイ・ロシュワルトの『レベル・セブン』、ネヴィル・シュートの『渚《なぎさ》にて』などがある。だが、第二次日中戦争というのは初めてだ。

テーマそのものよりも、アメリカの十七歳の少年が日本と中国をどのように捕えているかに興味があったので、おれは江藤に頼んだ。

「どうだ。これをひとつ訳してみてくれないか」

江藤も、こういうことは嫌いではないらしく、すぐにうなずいた。「面白いね。やってみよう」それから、やっと気がついて顔をあげ、おれの顔をしばらく見つめた。「面白いことがあるといったのは、このことかい」

「そうだよ」

江藤はタイプ用紙の束を黒い布の手さげ鞄に入れ、だまされたあ騙されたあといいながら帰っていった。

それからしばらくは、いそがしさにまぎれてそのことを忘れていた。いそがしいといったってどうせたいしたことはないので、それはつまり原稿の締切りに追われるとか親戚中で鼻つまみの伯父がやってきて金をせびるとか交際していた女子大生が想像妊娠するとか園まりの実演を日劇へ見に行くとか直木賞をとりそこなうとかまったくろくでもないことばかりなのである。

三週間ほどしてから、江藤から電話がかかってきた。

「日中大戦争のことだけど」

「東宝映画か」

「このあいだの原稿のことだよ」

「わかった。そういう題名なんだな」

「訳すのが途中でいやになったから、これから原稿を返しにそっちへ持って行くよ」

「しかたがないな。出来たところまで見せてくれ」

「すぐ行くよ」

「どうして途中で訳すのがいやになったんだ」おれの眼の前へ原稿をどさと置いた江藤に、まずおれはそう訊ねた。

江藤は説明のしかたに少し困った様子で、しばし視線を宙にさまよわせてからいった。

「まあ、読んでみればわかるよ」

「そうかい」

おれはさっそく江藤の訳した原稿をとりあげて読みはじめた。

日中大戦争

ディック・トリンブル
江藤典磨訳

第一章

諸行無常の鐘の声がうつろにこだまし、ギオンの売春婦街も静かに眠るといわれる日本ではあるが、ここしばらくこの国は世情も騒然としていた。

「コクタイ」というのは日本では運動会の意味と、主権のありかによって区別される国家の形態との二種類の意味があるが、後者の意味の国体は日本では混沌としていた。主権は国民にもなく、ショーグンにもなければ大臣にもなく、資本家にもマスコミにも、主婦連や全学連にも、また、もちろんSF作家などの文化人にもなかった。

第二次世界大戦後の日本人は、統一的価値を模索し続けていた。天皇制とその半宗教的神秘性、国家とその使命に対する一体感、共同体意識や原始的な大家族制度などが崩壊してしまったため、日本人はながい間精神的流浪の旅を続けていた。必然的に利己主義が横行し、個人的な目的に浮き身をやつす日本人が増え、SF作家以外に本当のサムライはいなくなってしまった。（訳註・SF作家に、いやにゴマすりをしている）その証拠は日本の外交政策――日和見《ひよりみ》主義と国家利益への偏狭な執着を見れば、誰にでもわかった。それは、ナルチシズムに近いものだった。

アメリカの占領は、日本人の精神に、独立後も大きな傷――屈辱感と挫折感をあたえた。占領時、アメリカの救援のために、いかに多くの日本人の命が救われたかを忘れ、恩知らずの日本人はアメリカに依存することを嫌いはじめた。しかし、依存しなければならなかった。アメリカ経済がくしゃみをすれば、日本は肺炎になるのだ。外交的にも、アメリカ陣営にくみする以外、選択の余地はなかった。一方アメリカは、日本にとってアメリカが重要であるほど、日本が重要ではなかった。この一方的関係がますます、日本人の偏狭なナルチシズムをいら立たせたのである。エディプス・コンプレックスといえるかもしれない。だから経済的独立を求めて、日本がふたたび緩慢なナショナリズム復活の方向への歩みを始めたとしても、さほどの不思議はなかったであろう。

そして終戦後、三十数年が経過した――。

日本国総理大臣マコヤマ・ヤマモトは人力車をおりて大鳥居をくぐり抜け、赤い蹴出しをちらちらさせながらいそぎ足で苔庭へ入った。ぴょんぴょん石づたいに（訳註・飛び石のこと）ショーグンのいる茶室へ向かいながら、彼はしかめ面をしたままでしきりに何ごとかつぶやいていた。

彼はこのころ、歴代の日本国総理大臣がそうであったように、アメリカ政府と日本国野党――社会共産党、全学連その他――との間の板ばさみになって困っていたのである。最近彼は、アメリカ大使に意味不明のにやにや笑いを向ける時以外はずっとしかめ面を押し通していた。

彼は日本国憲法第九条を好ましく思ってはいなかった。日本国憲法第九条というのはすなわち戦争放棄宣言である。しかもこの憲法が、マッカーサー元帥の命令によって新憲法に加えられたものであるだけに、よけい憎んでいた。彼も日本人であり、アメリカを憎んでいることでは他の日本人にひけをとらなかった。ところが今、せっかく第九条改正の気運が盛りあがっている時だというのに、野党の反対は今までになく激しくなっていたのである。

日本国野党――これほどおかしな野党は、他の国にはぜったいにないであろう。社会共産党、全学連という日本の二大野党（訳註・原文のまま）はほとんどの外交政策には反アメリカ的であるにかかわらず、第九条に関してだけは政府とあべこべで、このマッカーサー元帥から押しつけられた第九条を恋びとのごとく腕に抱きしめ、大切にしていたのである。そしてまた、それにもかかわらず彼らは三十年間ずっと、アメリカが占領初期の理想を裏切り、第九条の改正と日本の再軍備への提案を通じて日本人の平和、平和主義および最良の利益をアメリカの冷戦戦略の犠牲にしていると非難していたのである。

それだけではない。彼らの矛盾は外国人にはぜったいに理解できないところがあった。つまり、彼ら野党こそ、何にもまして緩慢な日本ナショナリズムの成長の火に油を注いでいる元兇だったのである。米軍基地、飛行場、爆撃演習地、武器のプラモデル、在日米軍やベトナム帰休兵用のトルコ風呂、原子力潜水艦寄港に対し、彼らが反対運動を続けていたのは、ナショナリズムの排外思想に準拠していたからだ。同じことは、彼らのオキガサハラ諸島（訳註・原文のまま）の返還運動についてもいえた。いずれの場合にも、攻撃のホコ先は、アメリカの政策とアメリカ人に向けられていたのだから。

総理大臣マコヤマ・ヤマモトは、茶室の入口でゲタを脱ぎ、タビイ・ソックスはだし（訳註・足袋はだし）のままで土間へあがり、軒下に赤と白のチョーチンをずらりとぶら下げてあるながいながい縁側を通って、ショーグンのいる部屋までやってきた。（訳註・茶室と茶屋をまちがえているらしい。日本式住居のことを茶室、あるいは茶屋と称すると思っているのだろう）

彼は入口の、紺に白抜きでキクの紋を描いたノレンをわけて部屋に入った。

ショージ窓をあけフジヤマを眺めていたショーグンは、囲炉裏《いろり》の上で土下座した大臣をふりかえった。「何か用か。だいぶあわてているな」

「ショーグン。大事件で御座る」

「どうかしたのか」

「中共大使館で、また挑発行為が行われて御座る」（訳註・中共大使館というのが日本にあると思っている）

「今度は何をした」

「反資本主義デモと集会を組織いたし、故意に日本政府中傷を内容とする文書を配布いたして御座る。またアカサカ空港やギオン駅前でも、中国共産党を讃美したパンフレットをばらまき居って御座る」

「けしからぬ。中共政府に厳重な抗議をせい」ショーグンはアグラコタツの上にアグラをかいた。（訳註・櫓炬燵《やぐらこたつ》のことか）

「もう何度もいたして御座るが」大臣はチョンマゲを左右に振りながら答えた。「中共政府は、ひとことの詫びもよこさないで御座る」彼は口惜しげにロッポーを踏んだ。

「わが大日本帝国への中傷をこれ以上やると、両国の関係が最悪の事態になると言ってやれ。ところで明日、議会はあるのか」

「御座るで御座る」

「第九条改正案を、至急まとめあげい。どんなことをしてでも国会を通過させよ。そして中共政府に、日本は戦争放棄宣言の放棄を宣言したといってやれ」

「かしこまって御座る」

「軍隊に、出動準備をさせておけ」

「ははっ」

「ショーグン。昼飯の時間です」隣室との間のショージをあけ、眼鏡をかけた出っ歯のコシモトがスキヤキを持って入ってきた。

「では、拙者はこれにてごめん」総理大臣は法衣《ハピー》コートの裾をひるがえし、ミエをきってから茶室を出た。

戦争放棄宣言をしているくせに、日本には軍隊があった。もちろん公式的なものではなく、過去の戦争に参加した旧軍人や戦争主義者が集まって、フジヤマの山麓、鸚鵡《おうむ》の鳴く野原に作った私設軍隊である。日本政府は、いざという時の用意に、内密で彼らに金をやっていた。だが、当然それだけの金では不足なので、彼らはトーホーのゴジラ映画に出演したりして軍資金を作り、ほそぼそながらも露命をつないでいたのである。

総理大臣マコヤマ・ヤマモトは、大鳥居を出たところでカワラ屋根のついた最高級タクシー（訳註・霊柩車を連想しているらしい）を拾った。

「旦那。どちらへ」

「富士山麓じゃ」

「あらよっ」

掛け声いさましくアクセルふかす車夫の風態はと見れば、菅の三度笠横ちょにかぶり、夏とはいえどまるはだか、錦の褌《ふんどし》こころも軽く町へあの子と行こうじゃないか。総理大臣にゃなりともないがせめてなりたや運転手、あなうらやましやれ悲し、親の因果が子にむくい流れ流れて落ち行く先は総理大臣宇宙塵、出るに出られぬ籠の鳥、虎の尾を踏み毒蛇の背《せな》を越すに越されぬお役人、去年の秋のわずらいにいっそ死んでしもうたらこんな苦労はなかったものを何が悲しゅて朝駈け夜討ち、誰に見しょとの金バッジ、いうて暮しているうちに、なさけなやこなさんは不定愁訴で半キチガイ、つろうござんす他国にゴマを、すらぬ阿呆にする阿呆、阿呆を承知でなぜ惚れた、惚れなきゃよかった総理の椅子に、掛けたが最後運の尽き、逃げ出したくなりゃ押してみな、押してもだめなら引いてみな、もぐりたくなりゃマンホール、右のポッケにゃ特効薬、左のポッケにゃ党公約、どうせながくはない命、ブルブル・シャトオで眠ろうじゃないか、天国よいとこ一度はおいで、度胸を据えた大臣がなるようになるさと思った時、車は富士山麓日本軍軍隊の演習場に到着した。

「ひどいな」そこまで読んでおれは顔をあげ、江藤にいった。「しかし、たとえはったり、にせよ、冒頭の部分にはちょっと驚いた。サイデンステッカーの影響があるみたいだ」

「そうなんだよ」江藤はうなずいた。「おそらくサイデンステッカーも読んでるんだろうね。とにかく十七歳にしちゃ、よく勉強してるんだ。だけど、これはぼくにも憶えがあるけど、勉強すればするほど、ますますピントはずれになって行くってことがよくあるんじゃない。たとえば、ほら、自然科学を知らないSF作家が、へたに勉強して作品の中へ学術用語を入れようとすればするほど、ピントはずれになって行くのと同じで……」そこまで言って、江藤はあわててかぶりを振った。「いや。これは別に筒井さんのことを言ったんじゃないけど」

「いや」おれはうなずいた。「おれのことを言ったんだ」

「そうじゃないったら」

少し気まずくなり、おれたちはしばらく黙った。

「そのかわり筒井さんは、社会科学に強いものね」と、江藤がいった。「そうとも。これからのSFはアイザック・アシモフが言ってるように、何ていったって、やっぱり社会科学だものなあ」

「まあいいさ」おれは少し機嫌をなおして言った。「おれがいちばん気になるのは、アメリカの編集者たちが、この作品を没にしようと判断した理由だ」

「そこなんだがね」江藤は身をのり出した。「ぼくは他にも日本や日本人の登場するSFをたくさん読んでいるから言えるんだけど、おそらく編集者たちにしたって、日本に対する認識はこのトリンブルという少年と五十歩百歩だと思うんだ。だから彼らがこれを没にしようと判断した理由は、やはり小説としての完成度という点だけだと思うよ」

「だとすると、悲しいことだな」

「悲しいだけですめばいいさ。もうすぐ腹が立ってくるよ。その次の章では中国が出てくるけど、中国人が読んだらもっとかんかんになって怒るだろうね。さいわい中国にはSFがないから、彼らがこれを読む機会はまずないだろうけど」

「そんなにひどいのか」

おれはふたたび原稿をとりあげて、続きを読みはじめた。

第二章

「たいへんある大変ある」ヘアレストン（訳註・毛沢東のことか）が紅衛兵のひとりに肩を揉ませている部屋へ、ルーチョンキ（訳註・劉少奇のことらしい）が泡をくって駈けこんできながらそう叫んだ。

「やかましいあるぞ。何ごと起ったあるか」ヘアレストンが首をのばしてそういった。

「ヘアレストン。えらいこと起ったある。日本国、戦争放棄宣言放棄したあるな」

「もうよいある」ヘアレストンは紅衛兵にいった。「あっち行くよろし。あとで呼ぶある」

「わたし、あなた崇拝しているあるよ」紅顔の紅衛兵が、とろけるような眼つきでヘアレストンを見ながらいった。

「そうあるか」ヘアレストンはうなずいた。「お前は、わしとマルクスと、どちら偉い思うあるか」

「マルクスは元祖修正主義者あるよ」紅衛兵はいった。「レーニンは本家修正主義者ある」

「よしよし。お前は可愛い奴あるな」

「愛しているある大好きある。また呼んでほしいある」

退出する紅衛兵の尻のあたりをしばし好色そうな眼で見送ったヘアレストンは、やがてルーチョンキを振りかえって訊ねた。「日本の奴、何したことあるか」

「宣戦布告してきたことある。在日中共大使館の宣伝行為にことよせて、挑発行為やめなければ中共たたきつぶす言ってきたある。日本人、第二次大戦に負けて中国から引きあげる時にこう言ったある。『チャンコロさんよ。三十年経ったらまた来るぞ』あれから三十年経ったある。奴ら、また攻撃してくるつもりある。どうしたらよいあるか」

ヘアレストンはかんかんに怒って、すっ裸のまま立ちあがった。「なに猪口才《ちょこざい》ポコペンな。中共原爆持っているあるぞ。日本原爆ないある。すぐ日本へ向けて原爆ぶっぱなすよろし、日本までとどくミサイルないあるか。あるあるか」

「あるある」

「あるよろし。すぐミサイルぶっぱなすある。これ命令のことあるぞ」

日中の開戦は、必ずしも突拍子もないものではなかった。中国にとっては日本は、過去に国土を踏みにじられたことがある仇敵だったし、殊に現在はアメリカ帝国主義の走狗であり、悪しきブルジョアジーの温床でもあった。一方、中国に対する日本人の感情はといえば、中国が共産主義国家であるという事実によって何ら規定されるものではなく、むしろ、歴史的な二国間の関係、それは即ち侵略の歴史、忘れられないあの思い出よ、あの何日君再来《ホーリーチンツアイライ》と、支那には五億の民が待つ、君がみ胸に抱かれて聞くは蘇州《そしゅう》薬局万金丹、ナンナンナンナンナンキンサン、ナンキンサンノコトパハナンキンコトパ、チャンウェイチャンウェイツーツーカイ、たとえ言葉は違っても、中国人を理解して行けるのは日本人だけであるという、大きな自信に根ざしたものだったのである。

この自己陶酔的な日本の態度に、中国が我慢できなかったのは当然であろう。おれたちはもう無知ではないのだ。立派な共産主義国家を建設し、文化革命も成功させたのだといくら叫んでも、日本はあいかわらずアメリカを横眼で眺めながら、ああなるほどなるほど、よくやりましたねえ、えらいえらいと気乗り薄にうなずくだけで、持ち出してくる話といえば日中貿易再開のことばかり、これは中国にとって、まことに腹立たしいことだったのである。日本にしてみれば、いつまでもアメリカ経済に手綱をとって引きまわされているのがいやなので、何とか貿易地図を書き替えたいと思い、対中共貿易を開こうとけんめいになるのだが、中共が膨れっ面をしたまま首を横に振ってばかりいるのでいい加減いらいらし、くそチャンコロめいい気になるな、昔あれほどぺこぺこしていた癖に、よしそれなら力ずくでもうんといわせてやるぞという気になったのもまことに無理からぬことであった。

かくて日中両国は戦争状態に突入した。

「ヘアレストンの命令により、わが中華人民共和国は日本に対し、原爆ミサイルをぶっぱなすある」と、スポットウッド（訳註・林彪のことらしいがよくわからない）が北京郊外にある狭い地下の迎撃指令室へ入ってきてそういった。「ミサイル発射用意するよろし」

ぺらぺらのベニヤ板で作られたミサイル発射用コントロール・パネルの前に群がっていた大勢の紅衛兵たちが、わっと歓声をあげた。

「ヘアレストン万歳。ついにやるあるか」

「歴史的決定的快々的瞬間のことあるな。発射ボタン、わたし押すある」

「いや。わたし押すある」

「こら。いかんある」スポットウッドが叫んだ。「いがみあいペケあるな」

「ミサイルどこ撃つあるか」

「東京めがけてぶっぱなすよろし」

「こらこら。あまり管制板がたがた揺するいかんある」軌道計算係の紅衛兵がいった。

「狙い定まらないあるよ」

「おかしいある。地上のミサイル、いくらカタパルト操作ボタン押しても、向きが変わらないある」

「誰か二、三人地上へ出て、ミサイル動かしてくるよろし」

スポットウッドの命令で、紅衛兵三人がばたばたと地上へ駈け出していった。

「軌道決定したのことあるか」

ソロバンをはじいて軌道計算をしていた紅衛兵が、スポットウッドに答えた。「決定したのことある」

「では、ぶっぱなすよろし」スポットウッドは腰の青竜刀を引っこ抜き、高だかと振りかざした。「いいあるか。それ。サン、アル、イー」

零《リン》といって青竜刀を振りおろすはずみに、スポットウッドは手もとを狂わせて傍にいた紅衛兵の首を切り落した。

「傍にいるいかんある。もいちどやりなおすある。それ。サン、アル、イー」

さらに三、四人の紅衛兵を斬り殺した末、スポットウッドはやっと青竜刀を振りおろした。

ミサイル・ボタンは押された。

地上に出ていた紅衛兵のひとりが、あわてふためいて駈けこんできた。「大変あるたいへんある。ミサイル動かしていた仲間ふたり、ミサイルに乗ったまま東京へとんで行ったあるよ」

「彼らきっと、東京見たかったある」と、スポットウッドがいった。「全員、彼らの冥福祈るよろし」

「風向きが変わったある」軌道計算係の紅衛兵が悲鳴をあげた。「ミサイル違う方向へ行くあるよ」

「ミサイルどこ行くどこ行くあるか」と、スポットウッドがおどろいて訊ねた。

「このままでは、ウラジオストクへ落ちるある」

「それ具合悪いのことあるな。ウラジオストクはソ連あるぞ。非常に困るあるな」

「軌道修正するあるか」

「修正よろしくないある。お前すぐ自己批判するよろし。風向き変るまで、そのまま撃ち続けるある。どれか一発は東京へ落ちるのことあるよ」

北京郊外から発射された数十基のミサイルは、すべて金と銀と赤と緑と黄に毒々しく塗り分けられ、胴体には一列に中華料理店のマーク（訳註・総喜模様のことらしい）が描かれていた。彼らは怒り狂った様子で、轟々と風を切り、東へ飛んだ。

「ところで今度は、いつ麻雀するのことあるか」おれは原稿から顔をあげて江藤に訊ねた。

「小松の先生《シーサン》、明日また大阪からどたばた出てくるあるよ」と、江藤がいった。「星大人も呼んで晩にやるよろし」

「悪意に満ちているな」

江藤はぎょっとしたような顔をあげた。「ぼくは先生《シーサン》や大人に悪意は持っていないよ」

「そうじゃない。中国に対してだ」

江藤はほっとしたように言った。「アメリカ人が中国に悪意を持っているのはあたり前さ。最近アメリカで赤といえばソ連のことじゃなくて中国のことだ。日米ソ三国防共協定というのが、もうすぐできるよ」

「それにしても、ひどい書きかただ」

「だけど日本人にだって、そんな具合に中国を見ている奴は大勢いるよ」

「そうかねえ」嘆息し、おれは続きを読み出した。

第三章

原爆ミサイルが落下する直前、トーキョーのギオン（訳註・原文のまま。銀座の間違いらしい）は通行人で賑わっていた。

ちょうど並木のサクラが満開だったので、首からカメラをさげて眼鏡をかけた数人の出っ歯の日本人が、道にムシロを敷き、サケを飲み、スシ、テンプラを食べながら花見をしていた。道には荷馬車や人力車や三輪タクシーが通り、道ばたの茶店（訳註・今度は喫茶店のことか）の中では、黒沢明とセブン・サムライズが行く行くを演奏していた。

茶店のゲイシャ・ハウスから出てきたゲイシャ・ガールがふと西の空を見あげ、連れの出っ歯の全学連にいった。「あらちょいと、あんたはん。あれは何でおますやろ」

ヘルメットをかぶり、角材と石ころを手にしたその全学連は空を見あげ、あわてて言った。「あっ、大変だたいへんだ。あれはミサイルだ」

その向かい側の歩道を歩いていた四、五人連れの出っ歯の全学連たち（訳註・学生のことを全部全学連と書いている）も空を見あげ、おどろいて叫んだ。「わあ。こっちへ近づいてくるぞ」

「あれ。わちきは死ぬのは、いやでありんす」花見連中の中にいたゲイシャ・ガール（訳註・つまり女はぜんぶ芸者）がそういって泣き出した。

ミサイルは道のまん中に落下した。

通行人も、サクラも茶店もウマも、すべて蒸発した。

原子雲が立ちのぼった。

爆風が吹き荒れ、トーダイテラの釣鐘が吹きとばされて五重塔をへし折り、ビワコにとびこんだ。（訳註・日本を、よほど小さい国だと思っている）

火災が起り、竹と紙でできた日本の家はたちまち勢いよく燃えあがった。め組の消防隊の活躍も、何の役にも立たなかった。

かくて日本人は、ヒロシマ・ナガサキ以来三十数年ぶりに原爆の被害を受けたのである。
（訳註・アメリカ人のほとんどは、第五福竜丸事件を記憶していない）

それから一時間ほどのち、日本政府は緊急会議を開いた。

大広間には政府閣僚がずらりと並び、総理大臣のくるのを待っていた。

こういう場合日本人は、勝手にがやがやと相談しあったりしない。静かにして、会議が始まるのをじっと待っている。余計なことを喋るとあとで首がとぶ場合もあるので、無駄口はおろか自己の意志もなるべく述べないようにするのである。

「総理大臣御出席」

ワカトシヨリという奇怪な役職名の男が、バチを振りあげて銅鑼《どら》を鳴らそうとしたはずみに、うしろにいた文部大臣の出っ歯に勢いよくバチをぶちあてた。文部大臣は出っ歯をへし折られてぶっ倒れた。

総理大臣マコヤマ・ヤマモトが沈痛な表情で出てきて席についた。

こういう時、野党の加わっている議会だと、たちまち灰皿がとび火炎瓶がとぶのだが、これは閣僚会議なのでそういうことはない。

「おのおのがた」と、総理はいった。「戦争は、ついに始まって御座る。残念ながら敵に先制攻撃をしかけられ、トーキョーに原爆を落されてしまった。これもみな、拙者の怠慢から生まれたこと、責任をとらねばならぬにより、拙者これからハラキリをいたす。かたがた、おとどめは無用ですぞ」

大臣たちは誰もとめようとはしなかった。

日本人というものはこういう際、自身の進退のことばかり気にして、やりかけの仕事や事態の処理や改善のことは心配しない。自分の死んだあとがどうなるかということには無頓着である。後任の者がやりにくくなることを充分承知していながら、自分がいかに重要な存在であったかを意地悪く他人に思い知らせるため、最も重大な時にわざと『惜しまれながら』身を引いてインキョしたりハラキリしたりするのだ。「あとはノとなるヤマトなる」という日本の諺どおり、死にさえすればいいと思っているのである。

誰もとめようとする者がいないらしいので、総理大臣はぽんぽんとカシワテをうった。奥の間との間のショージがするすると開いた。奥の間には、常に誰かのためにハラキリの設備がととのえられているのである。いちばん奥にはヒナダンが作られていた。赤いモーセン敷きつめて、オダイリさまは上の段、その下の段の三人カンジョがわあわあ泣き出すと（訳註・泣き女と混同している）オダイリさまが声をはりあげて葬式の歌をうたいはじめ、五人バヤシがタイコ、ピーヒョロ、シャミセン、シャクハチ、マツバクズシなどの楽器を演奏しはじめた。

総理大臣がハラキリの席についた時、縁側からハンガンとアサノ・タクミノカミが出てきた。「さしたる用もなかりせば」と、ふたりはいった。「これにてごめん」

総理大臣はすらすらと辞世のワカを書いて読んだ。もちろん、何年も前から考えてあったうちのひとつである。

「あまざかるチャンコロどもにこれやこの、腹の痛さをしばしとどめん」（訳註・何のことかわからない）

天井裏にひそんでいたウラカタが雪かごを揺すって、紙で作ったサクラのアナビラ（訳註・花びら）を総理大臣の頭上に落した。

型通りの作法で、ハラキリの儀式は進行した。

総理大臣は短刀を抜き、切先きを自分の下腹部へ力まかせに突き立てた。

「ぎゃっ」と、彼は叫んだ。

あまりの激痛に、彼は眼を剝いた。「し、し、しまったしまった。こ、こ、こんなに痛いのなら、腹など切るのではなかった」

あたり前である。腹を切れば痛いにきまっている。しかもその上、腹を切ったくらいではなかなか死なないから、苦しみは永く続く。だが日本人は医学に弱いので、ハラキリこそが最上の自殺方法だと思っているのだ。

小さい時から悪しき精神主義的教育により、日本人はハラキリがたいして痛くないものと教えられているのだが、それが間違っているということに気がつくのは、たいてい腹を切ってしまってからだからもう遅い。

総理大臣は腹に短刀を突き立てたままで、縁側へよろよろとよろめき出た。「医、医者を、医者を呼べ」

江藤の翻訳原稿はそこで終っていた。

「あんまりだ。ひどすぎる」おれは腹をたて、原稿を力まかせに机上へ叩きつけた。「おれは腹がたつ。それはたとえば、おれはおれの親父と決して仲は良くない、しかし他人が親父の悪口をいえば、やっぱり腹がたつ。それと同じだ」

「それ以上、翻訳する気にならなかった理由がわかっただろう」と、江藤がいった。「まあ、一種の多元宇宙ものと思えばいいさ」

「いや。多元宇宙ものじゃない」おれは叫んだ。「もしかりに、おれがこの原稿を書き直すとしても、多元宇宙ものなどにしてしまうつもりはない。こういった日本の姿というものが、現実に生きているアメリカ人たちの頭の中に厳として存在する以上、これは奴らにとって真実なのだ。現実に生きている奴らの真実は事実と認められ得る可能性も秘めている。おれたちがどう言おうと、さらにもうひとつの日本が厳として奴らの中に存在しているのだ。畜生。畜生。畜生。おれは腹がたつ」おれは立ちあがり、部屋の中をぐるぐると歩きまわった。

だしぬけに、窓の外で猛烈な爆発音がおこった。ガラスが割れた。

「たた、大変だたいへんだ」窓をあけて外を眺めた江藤が大声で叫んだ。「旅客機が墜落したよ。向かいの団地の建物がぜんぶ将棋倒しだ」

「そんなことはどうでもいい」おれは考えこんだ。「くそ。何か仕返しをしてやらなきゃあ」とびあがった。「そうだ。いいことがある。返事がわりに、こっちの原稿を送ってやるぞ。もうひとつのアメリカを描いた小説の原稿だ」おれは江藤にいった。「君は、おれの書いた原稿を英訳してくれ」

「つまんないよ。時間の無駄だからよそうよ」江藤はげっそりした様子でそういった。

おれは決然としてかぶりを振った。「いや。おれは書く。これからすぐ書く」新しい原稿用紙をひろげ、おれは机に向かった。「今書く」

「団地が燃えあがっているよ」江藤は窓の外を心配そうに眺めながらいった。「ここもあぶない。火の粉がとんできた」

「そんなもの、ほっとけ」おれは猛然とペンを走らせはじめた。

アメリカの繁栄

筒井康隆

第一章

船がアメリカに近づくにつれ、甲板にいるおれと江藤典磨の耳には、次第に高く狂躁的なモダン・ジャズが響いてきた。

「もうすぐ到着だぞ」

おれと江藤は手摺《てす》りに寄って、彼方にひろがる大いなる大陸を眺めた。

港に入ると、われわれの乗った豪華船の周囲を小舟がうろうろしはじめた。

二隻のランチが、猛烈な撃ちあいを演じながらすぐ傍を通り過ぎていった。一隻にはヘミングウエイとポパイが乗っていた。あとの一隻にはハンフリイ・ボガートが乗っていて、タバコを口の端にくわえたままトムソンの機銃を撃ちまくっていた。

やがて彼方にCOLUMBIAというネオンを背中に貼りつけた自由の女神像が見えてきた。

やがて高まるその曲は、セントルイスかブルースか。アメリカ・アメリカとさわぎ立てる船客の声にまじって、しばらく前はかすかなざわめきだったそれは、肉眼で岸が見えはじめるころには、すでに阿鼻叫喚と化し、ついには岸壁ぎりぎりにまで拡がった乱闘が否応なしに眼にとび込んできた。

黒人と白人は入り乱れてジャック・ナイフ、メリケン・サックをふりまわし、KKK団やブラック・ムスリムは拳銃を撃ちまくり、アングラの連中はハリウッドの女優たちを滅多切りなぶり殺し、アーサー・キットは大統領夫人に嚙みつき、上を下への大騒ぎである。

しめたとばかりにおれと江藤は、船の甲板でおどりあがり、足踏みならし笑いあい、指さきを岸へ突きつけて、ここを先途と声をはりあげ「あっ。やってるやってる……」

解　説

曽野綾子

筒井康隆氏の「富豪刑事」の中に次のようなところがある。神戸大助刑事は、大富豪の息子でキャデラックを乗り廻し、一本八千五百円もする葉巻を吸っている。父親の女秘書と昼食にフラージパーネとウガンダ・ロブスターなる舌を噛みそうなフランス料理を食べ、一八九八年のシャトオ・マルゴーなるブドウ酒を飲んでホテルの外へ出て来ると、彼の愛車であるキャデラックをナイフで傷つけたチンピラがいる。それを逮捕して署に連れて行こうとすると、突然、このチンピラが言うのである。

「『だってよう、刑事がこんな最新型のキャデラックに乗ってるなんて思わねえじゃないか。そうだろ』黒ジャンパーが涙声で弁解し続けた。

未成年だな、と、大助は思った。

『くそっ。こんな馬鹿な』彼は泣き出した。『刑事の癖によう、どうして葉巻なんかふかして、ミンクのコート着た女に宝石買ってやったりするんだよう。なぜ刑事風情がそんな金持ってるんだよう。ややこしいんだよ。くそ』泣き続けた。

『世の中ややこしいんだ。わかったか』と大助はいった。」

実に、世の中には、未だにこの黒ジャンパーのチンピラと同じように、このすさまじいまでに、でたらめな現実のわからない推理作家、純文学作家もたくさんいるのだが、その中で、筒井氏の作品が、単純化されたシチュエーションの中に、充分に大人の笑いや恐怖を保つのは、実に底にこの深い現実への、恐れがあるからなのである。

筒井氏の作品の中でも、我々が笑うのは、多かれ少なかれ、真実をつきつけられた時である。「アルファルファ作戦」のドン・カスターは、スー族に全滅させられた過去もものかは、「平和共存じゃと。平和共存なんてあり得ない。昔から平和共存が永続きした例はない」と叫ぶ。いつか私は本で読んだのだが、紀元前一五〇〇年から、紀元一八六〇年までの三千三百六十年間に署名された平和条約の数は約八千。そのどれもが、恒久的な平和を維持するのに役立つと言われていたのに、実は平均二年しか続いていないというのである。とすると、ドン・カスター爺さんの嘆きはまことに根も葉もあることになる。

私たちは、明日の保証もないまことにもろい日常性の上にいるにも拘らず、その現実の上に絶大な信頼を寄せている。マイホームを建てたり、家庭のしあわせを人生の最大目的にしたりする。それが「近所迷惑」の中ではいとも簡単に、空間的にも時間的にも瓦解させられる。ここでは、我々が持つ安心も不安も、共に油断のならないものだということがわかる。主人公の福原は自分の家に電話をかけると、自分ではない別の福原と名のる男が自宅の電話に出て来てしまう。

「『そこに、女房がいますか』

『わたしには、女房はありません』と、男は答えた。

『いや。あなたに女房があろうとなかろうと、わたしの知ったことではありません。そこにわたしの女房がいるはずなんですが』

『わたしは独身ですよ。あなたが誰か知りませんが、あなたの女房がここにいるはずはないでしょう』

『あなたが独身なのも、あなたの勝手です。女房がいないとすると、あなたはそこでいったい、ひとりで何やってるんですか』

『何をしていようとわたしの勝手でしょう』

『冗談じゃない。勝手にひとの家へ入りこんで勝手なことをされては困ります』

『何をいうんですか。ここはわたしの家です』

『でも、あなたは今、福原ですといったじゃないですか』

『そうです。こちら福原です』

『では、わたしの家だ』

『そうです。わたしの家です』

『わたしが福原なんですよ』

『そうですとも。わたし福原です』

『その福原が、自分の家だといっているんです。これほど確実なことはないでしょう』

『あたり前です』

『ところで、あなたはどなたですか』

『何度言わせるんです。福原です』

『それはわたしです』

『そうです。わたし福原です。あなたは誰ですか。だしぬけに変な電話はつつしんでください』

『自分の家に自分が電話するのが変ですか』」


これは非常に恐ろしく創造的な会話である。あり得ないことのようだが、我々が、自分が思っているほどには、「自己の確立」ができていない以上、これはあり得ない会話ではない。私たちが世間の物の考え方に追従し、一緒になって反対運動をし、口を揃えて東大がいいといい、ファッションを追いかけ、国民総背番号制度には反対などと叫ぶ以上、私たちは自分を自分だという根拠は実はかなり薄いのである。それでいて、私たちはそのことに特に深い不安も抱かない。

それどころか「公共伏魔殿」で明らかにされるように、我々は「思考停止」という一つの病状に犯されているにも拘らず、それを何となく快い連帯感のようにさえ、感じているのである。

「『自衛隊員を火星へ行かせることに、ただ感情的に反対するだけでなく、自衛隊員以外に宇宙船に搭乗できる人材が、現在の日本にいるかどうか、もういちどよく考えてみようではありませんか』

おれはやっと気がついた。あのいいまわしは結局一種の思考停止ではないか。考えて見ようといわれて、ムキになって本気で考える大衆はまず少ないだろうし、考えたとしてもすぐ次の番組に気をとられてしまう、たいていの人間は、アナウンサーがああいうのだから、おそらく放送局じゃ自分たちのかわりに誰かえらい人が考えていてくれるのだろうと思って、考えるのをやめてしまう。」

「一万二千粒の錠剤」は人間不信を追いつめたものだが、などと言うのは、およそつまらない解説で、そのようなわかり切ったまともさを避けるために、著者は、百年延命できる薬を与えられる百二十人の代表的な日本青年の一人に選ばれた主人公に、その錠剤ほしさに近づいて来る恋人・とも子との間に次のような会話を用意している。

「彼女はおれに覆いかぶさってきた。おれはとも子の巨大な乳房の谷間で、あやうく窒息しそうになった。
『く、苦しい……』おれはあわてて手足をばたばたさせ、彼女を押しのけた。『君の腹は見えているぞ』
『あたり前でしょ。裸だもの』」

ここには、数日前まで、知り合いだったり、おとなしい善良な市民だったり、家族だったりする人々が俄かに、敵対者になり、加害者になり、自分の利益のために友人や息子さえ売って平気な人間になる。

「懲戒の部屋」は、ウーマン・リブの物語というべきか、作者が幼少の時から持ちつづけているユーモラスな女性恐怖を書いたものか。やぼを言えば、ここに描かれているものは、多くの市民運動と言われているものの本質的な情熱であろう。或る人間が、或る時、痴漢だと言われる。それが果して本当だったかどうか、人々は調べようとしない。そして「痴漢は悪い」という別の原則をその人間の上に押しつけ、更にその人間を「女性の敵」という形にまで拡大解釈して、自分たちの人間性を誇示しようとする。少くとも、このやり方は一部の進歩的文化人と言われる人々の、行動と思考のパターンではある。

私が、この作品集の中で、最も好きなのは、「色眼鏡の狂詩曲《ラプソディ》」だが、こういう作品を電車の中で読んでいて、私は一人でげらげら笑い出し、ふと眼を上げると、前の席の男に睨まれているというような被害を蒙るのである。

この小説を読んでいると、我々素人は言うに及ばず、かなりの国際通といえども、もしかすると彼らの外国知識は、この程度なのではないかと思って、爽かな気分になって来る。それどころかディック・トリンブルという十七歳の少年作家が、日本について知っている知識は、なかなか大したもので、私など、大ていの国に対してとうていこれに及ばない程度の知識しか持ち合わさない。いやもしかすると、私ばかりでなく、その国について、本気に勉強しようとしないか、しても決して本当のことを書こうとしなかった色メガネの新聞記者や文化人がたくさんいたことを思えば、この作品は、日本人の絶対多数を描いたまことに普遍的な日常小説とも言えるのである。

『アルファルファ作戦』一九七六年六月　中央公論社刊

中公文庫

アルファルファ作戦《さくせん》

1978年7月10日　初版発行
1996年1月18日　改版発行
2016年5月25日　改版2刷発行

著　者　筒《つつ》井《い》 康《やす》隆《たか》

発行者　大橋 善光

発行所　中央公論新社
〒100-8152　東京都千代田区大手町1-7-1
電話　販売 03-5299-1730　編集 03-5299-1890
URL http://www.chuko.co.jp/

印　刷　三晃印刷
製　本　小泉製本

Published by CHUOKORON-SHINSHA, INC.
Printed in Japan　ISBN978-4-12-206261-0 C1193

中公文庫既刊より

各書目の下段の数字はISBNコードです。978－4－12が省略してあります。

つ-6-13
東海道戦争
筒井　康隆
東京と大阪の戦争が始まった!! 戦闘機が飛び、重装備の地上部隊に市民兵がつづく。斬新な発想で現代を鋭く諷刺する処女作品集。〈解説〉大坪直行
202206-5

つ-6-14
残像に口紅を
筒井　康隆
「あ」が消えると、「愛」も「あなた」もなくなった。ひとつ、またひとつと言葉が失われてゆく世界で、執筆し、飲食し、交情する小説家。究極の実験的長篇。
202287-4

つ-6-17
パプリカ
筒井　康隆
美貌のサイコセラピスト千葉敦子のもう一つの顔は、男たちの夢にダイヴする〈夢探偵〉パプリカ。人間心理の深奥に迫る禁断の長篇小説。〈解説〉川上弘美
202832-6

つ-6-20
ベトナム観光公社
筒井　康隆
新婚旅行には土星に行く時代、装甲遊覧車でベトナムへ戦争大スペクタクル見物に出かけた。戦争を戯画化する表題作他初期傑作集。〈解説〉中野久夫
203010-7

つ-6-21
虚人たち
筒井　康隆
小説形式からその恐ろしいまでの〝自由〟に、現実の制約は蒼ざめ、読者さえも立ちすくむ、前人未到の長篇問題作。泉鏡花賞受賞。〈解説〉三浦雅士
203059-6

つ-6-23
小説のゆくえ
筒井　康隆
小説に未来はあるか。永遠の前衛作家が現代文学へ熱きエールを贈る「現代世界と文学のゆくえ」ほか、断筆宣言後に綴られたエッセイ100篇の集成。〈解説〉青山真治
204666-5

い-3-9
楽しい終末
池澤　夏樹
核兵器と原子力発電、フロン、エイズ、沙漠化、人口爆発、南北問題……人類の失策の行く末は。多分に予見的な思索エッセイ復刊。〈解説〉重松　清
205675-6

い-3-10
春を恨んだりはしない
震災をめぐって考えたこと
池澤夏樹
鷲尾和彦 写真
薄れさせてはいけない。あの時に感じたことが本物である――被災地を歩き、多面的に震災を捉えた唯一無二のリポート。文庫新収録のエッセイを付す。
206216-0

い-42-3
いずれ我が身も
色川武大
歳にふさわしい格好をしてみるかと思っても、長年にわたって磨き込んだみっともなさは変えられない――永遠の〈不良少年〉が博打を友を語るエッセイ集。
204342-8

う-10-27
薔薇の殺人
内田康夫
脅迫状が一通きただけの不可思議な誘拐事件。七日後、遺体が発見されたが、手がかりはその脅迫状だけだった。浅見光彦が哀しい事件の真相に迫る。
205336-6

う-10-28
他殺の効用
内田康夫
保険金支払い可能日まであと二日を残して、会社社長が自殺した。自殺に不審を抱いた浅見光彦は、単身調査に乗り出すが意外な結末が⁉　傑作短編集。
205506-3

う-10-29
教室の亡霊
内田康夫
中学校の教室で元教師の死体が発見された。毒殺された被害者のポケットには、新人女性教師とのツーショット写真が――。教育現場の闇に、浅見光彦が挑む！
205789-0

お-63-1
同じ年に生まれて
音楽、文学が僕らをつくった
小澤征爾
大江健三郎
一九三五年に生まれた世界的指揮者とノーベル賞作家。「今のうちにもっと語りあっておきたい――。」この思いが実現し、二〇〇〇年に対談はおこなわれた。
204317-6

お-63-2
二百年の子供
大江健三郎
タイムマシンにのりこんだ三人の子供たちが出会う、悲しみと勇気、そして友情。ノーベル賞作家の、唯一のファンタジー・ノベル。舟越桂による挿画完全収載。
204770-9

か-57-1
物語が、始まる
川上弘美
砂場で拾った〈雛型〉との不思議なラブ・ストーリーを描く表題作ほか、奇妙で、ユーモラスで、どこか哀しい四つの幻想譚。芥川賞作家の処女短篇集。
203495-2

各書目の下段の数字はISBNコードです。978－4－12が省略してあります。

か-57-2
神様
川上弘美

四季おりおりに現れる不思議な生き物たちとのふれあいと別れを描く、うららでせつない九つの物語。ドゥ・マゴ文学賞、女流文学賞受賞。

203905-6

か-57-3
あるようなないような
川上弘美

うつろいゆく季節の匂いが呼びさます懐かしい情景、ゆるやかに紡がれるうつつと幻のあわいの世界。じんわりとおかしみ漂う味わい深い第一エッセイ集。

204105-9

か-57-4
光ってみえるもの、あれは
川上弘美

いつだって〈ふつう〉なのに、なんだか不自由……。生きることへの小さな違和感を抱えた、江戸翠、十六歳の夏。みずみずしい青春と家族の物語。

204759-4

か-57-5
夜の公園
川上弘美

わたしいま、しあわせなのかな。寄り添っているのに、届かないのはなぜ。たゆたい、変わりゆく男女の関係をそれぞれの視点で描き、恋愛の現実に深く分け入る長篇。

205137-9

か-57-6
これでよろしくて？
川上弘美

主婦の菜月は女たちの奇妙な会合に誘われて……夫婦、嫁姑、同僚。人との関わりに戸惑いを覚える貴女に好適。コミカルで奥深いガールズトーク小説。

205703-6

せ-1-6
寂聴 般若心経 生きるとは
瀬戸内寂聴

仏の教えを二六六文字に凝縮した「般若心経」の神髄を自らの半生と重ね合せて説き明かし、生きてゆく心の拠り所をやさしく語りかける、最良の仏教入門。

201843-3

せ-1-8
寂聴 観音経 愛とは
瀬戸内寂聴

日本人の心に深く親しまれている観音さま。人生の悩みと苦難を全て救って下さると説く観音経を、自らの人生体験に重ねた易しい語りかけで解説する。

202084-9

せ-1-9
花に問え
瀬戸内寂聴

孤独と漂泊に生きた一遍上人の俤を追いつつ、男女の愛執からの無限の自由を求める京の若女将・美緒の心の旅。谷崎潤一郎賞受賞作。〈解説〉岩橋邦枝

202153-2

せ-1-12
草　筏
瀬戸内寂聴
愛した人たちは逝き、その声のみが耳に親しい——。一方血縁につながる若者の生命のみずみずしさ。自らの愛と生を深く見つめる長篇。〈解説〉林真理子
203081-7

せ-1-15
寂聴 今昔物語
瀬戸内寂聴
王朝時代の庶民の生活がいきいきと描かれ、様々な人間のほか妖怪、動物も登場する物語。その面白さを鮮やかな筆致で現代に甦らせた、親しめる一冊。
204021-2

せ-1-16
小説家の内緒話
瀬戸内寂聴
山田詠美
読者から絶大な支持を受け、小説の可能性に挑戦し続ける二人の作家の顔合わせがついに実現。「私小説」「死」「女と男」について、縦横に語りあう。
204471-5

せ-1-17
寂聴の美しいお経
瀬戸内寂聴
疲れたとき、孤独で泣きたいとき、幸福に心弾むとき……どんなときも心にしみいる、美しい言葉の数々。声に出して口ずさみ、心おだやかになりますように。
205414-1

せ-1-18
日本を、信じる
瀬戸内寂聴
ドナルド・キーン
ともに九十歳を迎える二人が、東日本大震災で感じた日本人の底力、残された者たちの生きる意味、さらには自らの「老い」や「死」について、縦横に語り合う。
206086-9

ま-35-1
テースト・オブ・苦虫1
町田　康
会話が通じない。ひょっとしておかしいのは自分？日常で噛みしめる人生の味は、苦虫の味。文筆の荒法師、町田康の叫びを聞け。〈解説〉田島貴男
204933-8

ま-35-2
告　白
町田　康
河内音頭にうたわれた大量殺人事件「河内十人斬り」をモチーフに、永遠のテーマに迫る、著者渾身の長編小説。谷崎潤一郎賞受賞作。〈解説〉石牟礼道子
204969-7

ま-35-3
テースト・オブ・苦虫2
町田　康
生きていると出会ってしまう、不条理な出来事の数々。口中に広がる人生の味は甘く、ときに苦い。ちょっとビターなエッセイ集、第二弾。〈解説〉山内圭哉
205062-4

各書目の下段の数字はISBNコードです。978－4－12が省略してあります。

ま-35-4
テースト・オブ・苦虫3　町田康
本当のことに、少しばかりの嘘をまぜ、口中に広がる苦虫の味。「真面目すぎておかしいといわれる」ほか、癖になるエッセイ集第三弾。〈解説〉寺門孝之
205163-8

ま-35-5
東京飄然《ひょうぜん》　町田康
風に誘われ花に誘われ、一壺ならぬカメラを携え、ぶらりと歩き出した作家の目にうつる幻想的な東京。著者によるカラー写真多数収載。〈解説〉鬼海弘雄
205224-6

ま-35-6
テースト・オブ・苦虫4　町田康
「私の演劇遍歴について申しあげよかな」「どう書いても嫌な奴は嫌な奴」ほか、事実か虚構か謎が深まる魅惑のエッセイ集第四弾。〈解説〉ヒダカトオル
205377-9

ま-35-7
おそれずにたちむかえ　テースト・オブ・苦虫5　町田康
文章に書いてあることより、暗黙の了解のほうが優先する。そんな曖昧な日常に活を入れる、おそれを知らないエッセイ集、第五弾。〈解説〉貴志祐介
205480-6

ま-35-8
おっさんは世界の奴隷か　テースト・オブ・苦虫6　町田康
食事に誘われたのに予約をとらされ、身勝手で一方的な原稿依頼を受けそうになり――。大人の味のエッセイ集、苦み走って好調第六弾！〈解説〉戌井昭人
205603-9

ま-35-9
自分を憐れむ歌　テースト・オブ・苦虫7　町田康
正直者が馬鹿をみる。実際、人間は正直にしているとろくな目にあわない。苦虫の味を嚙みつぶして進め！好調エッセイ集、第七弾。〈解説〉前田司郎
205724-1

ま-35-10
あなたにあえてよかった　テースト・オブ・苦虫8　町田康
八年間毎週書き続けたエッセイを、書き終えて口中に広がったのは苦虫の味。一抹のさみしさとよろこびを胸に、いま堂々の最終巻！〈解説〉西加奈子
205866-8

よ-48-1
ぶるうらんど　横尾忠則幻想小説集　横尾忠則
生と死のあいだ、此岸と彼岸をただよう永遠の愛。泉鏡花文学賞受賞の表題作に、異国を旅する三つの幻想奇譚をあわせた傑作集。〈解説〉瀬戸内寂聴
205793-7